現代輕小說 4

宅男型不型

嬋娟—著

博客思出版社

自序

多金、高、帥氣又專情的白馬王子與灰姑娘相戀，似乎是愛情小說千年來的不變定律，雖是老梗，但眾人還是相當吃這一套，就連作者也不例外。曾紅極一時的流星花園便是走這套公式，帥氣多金的F4令多少女性同胞為之瘋狂，女孩們莫不希望自己成為下一個牧野杉菜，飛上枝頭變鳳凰，但現實總是殘酷的，不是嗎？

看看我們生活周遭，有哪位男性可以同時具備這麼多完美條件？也許他有錢，但卻又老又醜，長得帥的可能很窮，如果他又帥又有錢，那麼能專情不花心的更是少之又少，且妳有把握能拴住對方的心嗎？

看完上述大家一定嘆口氣，搖搖頭怨好男人難尋，但難道除了先天條件上的優勢之外，我們就不能自己打造出一個完美男人了嗎？這便是寫這本書的動機。「世上沒有醜女人，只有懶女人」這句話相信大家耳熟能詳，但不是只限女人，我想對於男性來說也是同理可證，於是乎不是只有醜女可以被大改造，宅男同樣能被塑造成完美型男。

在寫這本書的時候，ＭＳＮ還未邁入歷史，ＭＳＮ陪伴著我渡過了美好的大學時光，但一眨眼想不到才短短幾年，一切已成過往，令人不得不對科技的日新月異感到咋舌。

對於宅男的定義，我想沒有一定的答案，當然宅也不見得就是不好。書中言詞若有不小心踩到大家在意的點，請大家見諒，純粹是為了「笑」果而已。

之前在新聞上看到有學校在教學生如何約會，我覺得很有趣，也非常的實用，試想如果你身邊的阿宅男性朋友，也能送去進行改造訓練的話，那不知將造福多少女性同胞，對吧？讓我們一起擦亮雙眼，期待那一日的到來！

嬋娟

民國一〇三年　四月二十八日

宅男型不型

CONTENTS —目錄—

楔子

中午時分，艷陽高照，金城大學校園裡靜悄悄的，只有少數幾個學生快步疾走在校園裡，感覺相當寂寥。

陣陣的微風吹起地上片片落葉，不過風所能提供的涼爽有限，才剛有涼意時，立刻又被層層的熱浪給席捲籠罩，熱得令人發暈。

位在學校馬德里廣場中央的噴泉，正竭盡所能地噴著優美弧形的水柱，但仍無法消除這股令人渾身發燙的炙熱。而所噴出來的滾燙水溫，更是讓旁人紛紛退避三舍，唯恐慘遭灼傷。連枝頭上的麻雀，也抵擋不了這股炎熱，偷偷地躲在濃密的樹蔭下，休憩一下，打個盹兒，補充一下體力。

這時，下課的鐘聲響起，偌大的校園裡，頓時喧鬧了起來。原本停在枝頭上的麻雀，因這突如其來的喧囂聲，嚇得趕緊振翅高飛。

教室裡，充斥著學生們嬉笑談話的聲音，學生們三五個聚在一起，熱烈地討論著該去哪吃午飯才好。說完各自揹上自己引以為傲的名牌包，手抱著厚薄不一的全新教科書，紛紛從教室裡魚貫而出。

黑壓壓的人群瞬間遍佈整個校園，為原本單調無趣的校園，增添許多花花綠綠的色彩，更

注入了朝氣蓬勃的生命力。

在校園裡的「羅馬大道」上，男學生A與B正往學校大門口緩緩走去，沿途邊討論著剛才上課的情形。

這條路之所以稱作「羅馬大道」，是因為這條路是學校的主要幹道，想當然爾，路特別寬敞大條，許多教學、行政大樓在這條路上都可以找的到。旁邊還有許多縱橫交錯的次要道路，以及一些不知名的羊腸小徑，但是這些路最終都一定會通到這條「羅馬大道」上，不是有句話叫做「條條大路通羅馬」嗎？就是取這個意思。

此時，男學生A問身旁的B說：「剛剛上課你有在聽嗎？」

「當然沒有，我早就睡死了！」男學生B伸了個懶腰，捏了捏痠疼的頸子，接著露出淫笑：「我還做夢夢到AV女優陪我打麻將呢！嘿嘿。」

「靠，你會不會太爽了呀你。我可是很認真地在跟書本戰鬥呢！」

「唉唷，小歪，那麼認真幹嘛。」男學生B理所當然地說：「你想想看我們好不容易上了大學，當然就是要好好放鬆一下呀！誰會像你這樣，才一開學上課，就弄得好像是要上戰場一樣，省省吧！等快到考試前再跟同學抄一抄筆記，隨便考一考就好啦！」

「隨便考一考？如果被二一怎麼辦？」

「怕啥？同學是幹嘛用的？就是要互助合作，互相 cover 呀！上大學就是要來玩的，你沒聽見我們學校的招生口號就是『大學任你爽四年嗎』？」

小歪側頭想想，覺得似乎有點道理，點頭說：「嗯，也對，聽你這麼說我就放心了。」

「放心了吧！有我罩你，你怕什麼？我的綽號可是『罩哥』呢！考試、把妹樣樣行……對了，既然你剛剛上課那麼認真，那麼老師有沒有講到什麼有趣的事？」

小歪思索了片刻才說：「有啊，他說為了幫大家消消暑，所以講了一個冷笑話，但是他的笑話都還沒說完，便慘遭大家噓聲連連。」

「說來聽聽。」

「就是北極熊拔毛的故事呀，北極熊拔毛拔到最後說了一句——好冷喔。」

「靠，這故事我早八百年前就聽過了。老師也太土了吧，這都已經老梗了，還敢拿出來說嘴。也不會推陳出新一下，這樣叫我們這些想認真聽課的學生，怎麼振作起精神勒？」罩哥毫不留情地吐槽，最後他下了個結論：「果然，睡覺是正確的。」

說著說著，他們正好經過學校的馬德里廣場。

廣場裡各個社團正在進行拉客……不，是宣傳他們的社團，招攬新生，為社團注入一些新血。因此每個社團都派出它們的致命武器，狂打美女牌與帥哥牌。

只見美女們個個身材火辣、性感高挑，站在自家攤位前，不停地露出甜死人不償命的笑容，手中邊發著傳單，邊媚笑地對路過的學生們說：「您好，歡迎參考一下我們的社團。」

小歪與罩哥眼睛為之一亮，看著清涼火辣的美女們，嘴巴像是喪失閉合功能似的微張著，且口水還流了一地，頓時他們覺得暑氣全消，全身沁涼無比。

「哇啊……人間尤物。」小歪自覺彷彿來到仙境般驚嘆不已：「天啊……下午我真不想去

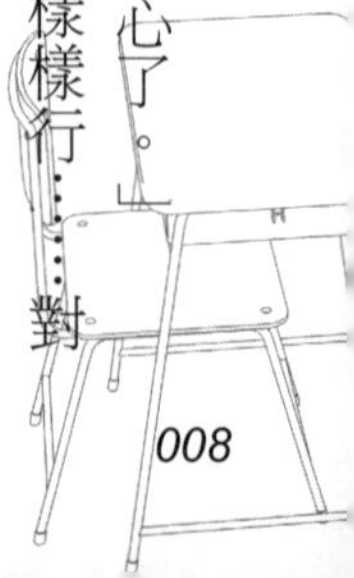

上課。」

「說得好。」罩哥看著美女們吞了吞口水，對身旁的小歪建議：「那麼我們就翹課吧！去他的生物學！」。

「這樣好嗎？」小歪的內心正天人交戰著：「如果老師點名的話怎麼辦？」

「吼，我剛剛不是說過同學是用來幹嘛的嗎？我早就安排好代點名的槍手了啦！」罩哥邊說邊拉著小歪往攤位靠近：「走吧，我們下午就去每個攤位轉轉，看能不能多要幾個美女的電話回來。」

「可是……可是……」

「可是個屁，真沒種呢你，連翹課都不敢。」罩哥見小歪仍在猶豫，繼續說服他：「你只要想像我們正在做校外觀察不就好了，你看看。」說著便指了指眼前的美女們：「這麼美麗又奇特的生物簡直人間少有，你不想去深入了解她們的神祕色彩嗎？還是說，你寧可回去研究那奇醜無比的青蛙？」

「哈嚕，你們兩位想加入我們籃球社嗎？」有個看來清麗脫俗的美女正向他們招著手。

「籃球？哈，妳可找對人了，籃球可是我的強項，我三歲時就每天跟籃球玩在一起，大家都稱呼我——『罩哥』，籃底下、火鍋一把罩……」罩哥走向前開始自吹自擂起來。

小歪從背後用手肘頂了下罩哥，小聲對他說：「你剛剛不是說考試、把妹一把罩，什麼時候又變成籃球了呀？」

「吼，剛剛是剛剛，現在是現在，不一樣了好不好。」罩哥擺出一副孺子不可教也的神色。

美女看著他們噗哧一笑，接著彷彿看透他們的心思說：「你們兩個，如果願意加入我們籃球社的話，我可以考慮給你們我的電話喔！怎麼樣？想要嗎？」

「想賄賂我，不好意思，我不是妳想像中的那種人。」罩哥一派正經地回答，那美女的表情馬上尷尬了起來，但罩哥馬上又接著說：「不過呢……進來交流一下也沒什麼問題呀，大家聊聊天，認識認識，至於入不入社那就隨緣吧。」

美女聽完罩哥的回答，掩嘴偷笑：「你還真幽默，進來吧。」說完便領著罩哥到攤位上坐了下來。

「我也要。」小歪跟著豁了出去，尾隨著罩哥，走進了籃球社的攤位。

另一方面，在馬德里廣場的偏僻角落，有個不起眼的攤位。

既沒有閃亮的宣傳海報，也沒有火辣性感的美女，每個經過攤位的學生，看都不看一眼便快速通過。而會停下來看的人，則多半瞧了一眼後，便露出古怪的表情，最後還是選擇快快離開。

沒有人想多了解這個社團，也沒有人對這個社團感到興趣。

這到底是怎麼樣一個奇怪的社團呢？

坐在裡頭的女學生A此時正無聊地打著呵欠，搖著扇子賣力地搧著風，她看著在攤外辛苦發著傳單的女學生B。而女學生B則努力地攔截路人，想碰碰運氣。但是路人多半是看了一眼傳單後，便頭也不回地離開，甚至連伸出手接過傳單的意願都沒有。

在四處碰壁的情形下，這時，有個全身汗臭味的胖胖男正好路過，女學生B趕緊上前遞上傳單，堆出笑容說：「您好，請參考一下。」

胖胖男瞄了眼手上的傳單，從鼻孔裡哼了一聲，不高興地問：「妳覺得我需要嗎？」

「當然！我覺得你超有資質的，非常適合加入我們社團。」女學生B直言不諱地回答。

「如果妳不是女的，我早就揮拳過去了。」胖胖男臉上的肉微微一擠，露出不悅的神情，也因為這一擠使得原本就小的眼睛，看起來更是小得可憐。

女學生B傻在原地，不明白她哪裡得罪到這個胖子。

胖胖男說完，把傳單揉成一團向後一丟，接著轉動臃腫的身軀，邁開步伐準備離去。

女學生B回過神來，拉著胖胖男的手臂哀求說：「別這樣嘛，我們是新成立的社團，到現在為止都沒有招收到新社員。求你可憐可憐我們，進來幫忙一下嘛，況且這個社團對你很有幫助的，相信我。」

「妳找錯人了。」胖胖男回頭看了眼拉著自己的白嫩小手，一改原先的不滿，露出猥褻的表情說：「不過呢……」說話的同時，邊將女學生B全身上下給打量了一遍，接著他擺出一副好商量的神情說：「如果妳願意和我交往的話，或許我會考慮一下……」

女學生B表情一僵，收回了抓住胖胖男的手，不敢相信自己剛剛所聽到的話，於是她以高了八度的音調問：「交往？」

胖胖男點了點頭，笑得更加猥褻。

「呵呵，這有點強人所難呢。」女學生B僵硬地笑著，內心卻不斷的OS詛咒著。

「是喔……好吧，不然跟我 kiss 一下也行。」胖胖男繼續得寸進尺地說，絲毫沒聽見女學生B理智斷線的聲音。

「kiss?」女學生B臉上的笑容瞬間褪去，扳起臉孔，擺出一副母夜叉的兇樣，雙手插著腰，不客氣地大聲嚷嚷：「呵呵，我看你不如去吃屎比較快！廁所在前面，你要不要去撒泡尿照照鏡子，我是在給你機會耶！你看你那豬頭豬腦的蠢樣，看了就令人噁心。」說完還露出一副作嘔的模樣。

其他路過的學生聽到叫罵聲，都停下腳步湊了過來，想看看到底發生什麼事。

胖胖男看了看四周，眼看情形對自己不妙，紅著臉指著女學生B說：「好好好，算妳狠，下次別讓我遇到。」

「遇到又怎樣?怕你不成?」女學生B無所畏懼地回嗆。

眼看人群越圍越多，胖胖男不想把事情鬧大，只好忍氣吞聲，但臉上的表情卻藏不住他此刻的憤怒。他不想多待，於是轉身便想走，但卻被女學生B給叫住：「喂，你這樣就想走了呀?」

胖胖男回頭惡狠狠地說：「不然妳還想怎樣?」

女學生B用腳尖指了指被胖胖男丟在地上的傳單，不客氣的說：「撿起來。」

胖胖男氣得臉紅脖子粗，但眼看眾人都在看著，他自知理虧，只好不情願地彎下肥胖的腰身，吃力地將地上的傳單給撿了起來。他緊捏著傳單，彷彿傳單跟他有著深仇大恨一樣。

最後胖胖男咬牙切齒地對著女學生B撂下狠話：「給我記住。」

「我才不想記住你呢，我可不想每晚都做噩夢。」女學生B邊說邊翻著白眼。

胖胖男氣憤地大步轉身離開，圍觀看熱鬧的學生也跟著鳥獸散。

女學生B一回到攤位，女學生A立即對她投以欽佩的目光：「美麗，妳實在是太厲害了，妳居然敢給那個胖子難看。」

「哼，醜人多作怪，妳沒聽見那個死胖子對我說什麼嗎？我真的會被他給氣死！」美麗怒氣未消地連拍了好幾下桌子。

女學生A輕拍著美麗的背安撫：「別氣了，別為這種人生氣。」

等美麗的氣總算消了大半後，女學生A才嘆口氣繼續說：「話又說回來，妳看我們該怎麼辦？我們到現在為止都沒有招收到一個社員，再這樣下去，我看我們的社團恐怕不能成立了，洋介老師一定會很失望的。」

「怎麼辦？涼拌炒雞蛋，問我我也沒辦法呀，只好再繼續找人嚕。」美麗無奈地說。

說完，她們兩個同時看著眼前那堆像山高般厚厚一疊的傳單，重重地嘆了口氣。

沒多久，遠遠的，有個男學生C正往這個方向迎面而來。

他的頭髮像鳥窩似的亂成一團，一不注意麻雀還以為是牠們自己所築的愛巢。而他面黃肌瘦、鬍渣未刮乾淨、半瞇著眼睡眼惺忪的模樣，更像是剛嗑完藥的毒蟲。

往身上看去，皺巴巴的T恤，破破爛爛的牛仔褲，一雙白色帆布鞋被穿成了灰色，布鞋的後方還被踩了下去當成拖鞋來穿。背上揹著一個髒兮兮的土黃色背包，背包上還破了許多洞。

在經過攤位時，他手上正握著一條剛從便利商店買來的二十元麵包，邊啃著麵包邊看著夜市牌手錶上的時間，急急忙忙地準備去教室上課。

「綺綺，換妳出動了。我知道這對妳來說並不容易，但妳還是要露出笑容，別老冷著一張臉，否則大家會跑光光的。」美麗指了指男學生C繼續說：「我看這個人的資質不錯，希望這次可以成功。」

原本面無表情的綺綺，拿起傳單站起身後，立即換上一張超級業務員的專業神情，她回頭笑著對美麗說：「看我的。」說完她立即上前，追著已從攤位前快步經過的男學生C。

「同學，同學，請等一下。」

男學生C聽見悅耳的聲音，一開始還以為自己聽錯，在確認聲音是在叫自己後，他才停下腳步，轉過身來。

在看到綺綺的那一瞬間，他半瞇的眼睛瞪大了，原本還咬在嘴裡的麵包也掉了下來，滾到一旁的排水溝裡，他像傻住了一樣釘在原地一動也不動。

綺綺用手在男學生眼前揮了揮，他總算恢復了神智，抹了抹嘴角殘留的麵包屑，用修長的五指理了理自己凌亂的頭髮，最後吞了口口水結巴地問：「請……請……請……問，有有有……什麼事……事……情嗎？」

綺綺嫣然一笑，這一笑，更讓男學生看傻了。

「我們社團想招募新成員，我覺得你非常有資質，你願意加入我們社團嗎？」綺綺邊說邊

用她那雙水汪汪的大眼睛，直盯著男學生的臉。

男學生被看得耳根子都紅了起來，他不好意思地將目光移向別處，搔著頭問：「是……是嗎？我我我……有這這……麼厲……害嗎？」

「對呀，這個社團非你不可，請你務必、一定要加入我們的社團。」綺綺的話讓男學生覺得有被捧上天的感覺。

「可可可……是，我我……不不是……大一……」

「不是大一也可以。」綺綺充滿期待地問：「所以你是答應嚕？」

「我……我……我……」男學生似乎還是有點猶豫。

「拜託嘛……你人最好了，幫幫我嘛……」綺綺露出可憐的模樣，邊說邊抓著男學生的手臂懇求著。

男學生盯著綺綺緊抓著自己的手，又看了眼綺綺那可愛的臉孔，只能傻笑說：「好……好……我我……願意……加入……」

「真的？那實在是太好了！你人真好。」綺綺露出開心的笑容。

「不……不會。」男學生看著綺綺的笑容，心裡頭暖洋洋的。

「那麼，今天晚上六點在慾望城市大樓312教室，我們有場新生入社說明會，到時你一定要來參加喔！」邊說綺綺邊將手上的傳單塞進男學生手裡。

男學生接過傳單後，只一個勁地傻傻點著頭。

「還有，如果你有其他同伴的話，也歡迎你帶他們過來參加。」

「喔……嗯……」

綺綺笑著轉身離開，邊走還邊回頭對他揮手大聲說：「你記得一定要來喔。」

「我……我……我會的。」但他話還沒說完綺綺早就走遠了。

男學生的目光只注意到綺綺臉上開心的笑容，卻沒發現綺綺的笑容在背對著他的那一刻，便立即收了起來。

綺綺回到攤位，男學生也繼續往教室方向前進。

他邊走臉上還不時洋溢著幸福的笑容，甚至還嗅著剛才被綺綺緊握的雙手，感受著綺綺手上所傳來的香味，最後他才意識到好像還不知道自己到底加入了什麼社團。

於是，他攤開手裡捏著的傳單，低頭一看，頓時傻眼。

「天啊！這是什麼？」

只見黃色A4的傳單上頭，印著大大的幾個字：

宅男改造社

竭誠歡迎您的加入

第一章

教室講台上，老師正口沫橫飛地上著電子學。

坐在前幾排的同學正聚精會神地聽著，儘管被老師的口水給噴得滿臉都是，但他們仍低著頭振筆疾書地專心寫著筆記。而坐在後幾排的同學則個個東倒西歪，睡得不省人事，老師平板的音調就像一首首催眠曲，想不打瞌睡都難。

我坐在中間靠窗的位置，雖沒睡著，但我卻凝視著窗外的風景神遊去了。

回想著剛剛在馬德里廣場的豔遇，也不能算是豔遇，但我卻鬼迷心竅地答應了一個素未謀面的女生入社。我低頭看著攤在桌上的那張傳單，抽動著嘴角，不知道該哭還是該笑。

「宅男改造社」大大的五個標題又落入我的眼前。

怎麼？我看起來像個阿宅嗎？

我盯著窗戶上所反射出來自己的影像，摸摸自己未刮乾淨的鬍渣，再用手沾了沾口水，想理平幾撮翹起來的頭髮。但頭髮偏愛跟我唱反調，一壓前面，後面的頭髮就翹起來。壓後面，前面的頭髮又翹了起來，氣得我乾脆把頭髮整個都弄亂。

好吧，我承認，我就是個阿宅。

怎樣？阿宅有罪嗎？當阿宅犯法嗎？還是礙到大家的眼了？為什麼一定非得要幫我改造不

可，還說我很有資質呢！聽起來真氣人，意思就是說我宅到一個不行，宅翻天，所以才需要被改造是吧！

越想越生氣，於是我拿起原子筆在傳單上亂塗鴉一通，以洩心頭之氣。

畫著畫著，我的腦海中突然浮現出剛才那女生的臉龐。

她有雙水汪汪的大眼，小巧的鼻子，紅潤的薄唇以及烏黑亮麗的秀髮。笑的時候臉頰上會出現兩個可愛的小酒窩，臉上脂粉未施，皮膚吹彈可破，散發出一股鄰家女孩的味道。

雖然她並不是什麼國色天香的美女，但卻是我喜歡的菜。

想著想著，不知不覺中自己竟傻笑了起來。

「咚！」突然一根粉筆飛至，恰好擊中我的額頭。

我痛得摸著額頭，視線也回到了老師身上。只見老師正插著腰，扳著臉孔叫道：「坐在最後一排，第四個，那位同學站起來。」

我指著我自己問：「我？」心想慘了，老師一定今天心情不好，想拿我來開刀。

老師音調提高了八度，也只有在這時候他平板的音調才有了抑揚頓挫，他不客氣地說：「沒錯，就是你，懷疑呀！」這時老師的手裡再度捏了根粉筆，一副蓄勢待發的模樣。

老師面前的講桌上有著一大盒短短寫過的粉筆，但我們明明用的是白板，為什麼還準備這麼多粉筆呢？只因我們老師有個怪癖，他喜歡用粉筆K人，他說這樣一來既不會死傷慘重，又可以享受擲粉筆的快感。我想一定是他學生時代被老師用粉筆K太多次，於是他才會想到用這

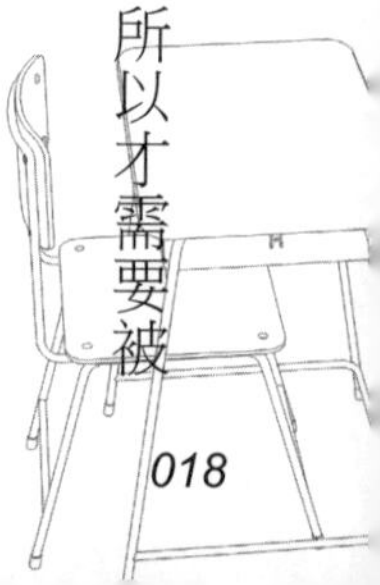

個方法來報復學生。

眼看老師手中的第二根粉筆又要飛了過來，我趕緊搔搔頭站了起來。

「叫什麼名字？」老師問。

「吳孟宅。」

「你剛剛在笑什麼？」

「沒有啊。」我露出無辜的表情，因為我真的沒有發覺剛剛我在笑。

「沒有？你當我瞎子是不是？站好啦！站直你是不會是不是？」老師越吼越大聲，我連忙站得直挺挺的。

同學們都轉過頭來看著我，露出同情的表情，而原本在睡覺的同學也被吵醒，一臉狀況外地看著我。

「你剛剛是在笑我上得不好是吧？」看來老師是誤會了。

「我沒有在笑老師你，我只是在想別的事……」我趕忙解釋。

「在想什麼？」老師咄咄逼人，而我面有難色，不知該說還是不該說好。他繼續說：「不說是吧？不說我就不上課，我們就這樣僵著，全班都因你而無法上課。」

有些人看著我的目光突然充滿了怨念，尤其是坐在前排的好學生們，彷彿我害他們浪費了寶貴的吸收知識時間，於是我脫口大聲說：「我在想一個女生啦！」

全班聽完哄堂大笑。

男生們露出一副曖昧的神情，而班上少數幾位女同學，則對我投以異樣的眼光。

「吳孟宅，你上課要思春我管不了你，但是請你不要露出奇怪的笑容，這樣會干擾我上課的，你知不知道？」老師一臉嚴肅地說，而我的頭真是低到一個不行，真恨不得地上有個洞可以讓我馬上鑽進去。

男生們持續笑個不停，而女同學的臉上更多了幾分嫌惡的表情。

吼，他們一定以為我在想色色的事情，才不是呢！

我想解釋但卻有口難言，大家一副不想聽我解釋的樣子，而老師也只管叫我坐下，繼續上他的課。

完了，大家都認為我是個色胚，跳到黃河也洗不清了！

一想到自己的清譽，就不由得皺起了眉頭。

頹然坐下後，我瞪著桌上那張傳單，越想越氣，於是拿起筆猛刺著傳單上面的「宅男」兩個字。

「可惡，都是你！都你害的！什麼宅男改造社，我才不需要被改造呢！」我邊發洩情緒邊在心中無聲地吶喊著。

下課後，我拖著沉重的心情回到宿舍。

砰！房門被我重重一甩，室友痞子德被我給嚇了一跳。

「幹，是安怎?臉那麼臭。」他放下手上的漫畫對我說。

痞子德是我的室友，我們住在金城大學內的男生宿舍裡，而金城大學就是我現在所唸的學校，號稱設備一流，師資二流，學生一個個不入流。

光是看看學校中庭的馬德里廣場就知道，光是那個噴泉就不知道砸了多少錢進去。而學校每間教室的設備更是先進，白板設有自動清除功能，不用人工去擦什麼黑板。課桌椅更是從德國原裝進口過來，每張桌子的桌面上都內建簡單的資訊功能，可以顯示時間、日期，還可以上一些簡單的網站搜尋資料。

椅子雖是塑膠製的，但一點也不馬虎，不僅符合人體工學設計外，最重要的是椅子裡還內建一些特殊功能。例如你不小心放了一個屁，或者周圍有人放屁時，只要按下「空氣芳香劑」的按鈕，立即便有一股清香從椅子上飄散出來，驅散難聞的氣味。

如果是用功的同學，想認真聽課但卻忍不住想打瞌睡時，只要按下電療的按鈕，便會有不足以危害生命的電流自座椅上竄出，而達到擊退瞌睡蟲的功效，這樣就不用還要像古人那樣引錐刺股了。

其他林林總總的功能還有很多，但我都很少在用，所以我稱這些都是華而不實的設備。

總之，我的學校簡直就是一所用金子打造的城市大學，所以才叫做「金城大學」。

我的室友痞子德，他是個滿嘴髒話，講話台灣國語的人。

他的個性非常小氣，錙銖必較，名副其實的鐵公雞。是那種跟他借十元打公共電話，一個小時後便會殺過來催討的人，為了那區區十元，可以跟我反目成仇，若不討回絕不罷休。而由於他催討的嘴臉實在是像極討債的痞子，所以便有了「痞子德」這個綽號。

平常他都躲在宿舍裡看漫畫、打電動，不太去上課，且每次他總喜歡以「預測」的方式來決定要不要上下一堂課，因此有一半的時間他都沒出現在教室裡，但這樣的他卻還能夠安然地升上大二，簡直就是奇蹟。

我走到床邊，將身上的背包用力往床上一摔，沒好氣的說：「別提了，今天真是有夠倒楣的。」

「又是那個粉筆魔人喔！」

粉筆魔人是我們學生對電子學老師所取的綽號，在大家口耳相傳下，連土木系的痞子德也知道這號人物。

「不是他又會是誰？」我將腳上的布鞋各往牆上一踢，布鞋立刻飛至牆邊乖乖地躺在地上，接著我邊脫牛仔褲，邊問痞子德：「你們土木系都不當人是吧？我看你過得很輕鬆喔，你今天有去上課嗎？」

「沒，我算過了，今天工程力學的老師他的週期是三天，也就是說他三天才會點一次名。」痞子德信心滿滿地說：「安啦，我算得準準的。」

「你就這麼肯定？不會有意外？說不定他今天心血來潮想說來點名一下……」

「安啦，今天股市開紅盤，他今天樂得很，所以他不會點名的啦！」痞子德繼續翻開一旁看到一半的寶島少年週刊。

「厲害，這樣你也知道，你乾脆去開算命攤好了。」我真佩服痞子德這股不知哪來的自信。

「哈哈，也許我真的可以去當個算命仙呢！」痞子德得意地笑了笑，目光仍專注在手中的漫畫。

這時，我驚見痞子德桌上有一張黃色傳單，上面「宅男改造社」五個大字馬上吸引住我的目光，這不是和我今天拿到的那張一模一樣嗎？

我衝到桌旁拿起傳單問：「你怎麼有這張傳單？」

「喔，這張喔……」痞子德抬頭瞄了眼傳單說：「就是中午去買東西吃時，在馬德里廣場上一個妹拿給我的啦，她還說我很有資質呢。幹！我像嗎？」說完他眼神兇惡地瞪著我。

「不會啊，你哪會宅。」我心虛地回答。

「嘿呀，就是咩。」痞子德開心地說：「我宅？有你吳孟宅摯底，我怎麼可能會宅。」邊說還邊拍了拍我的背。

「我很宅嗎？」

「廢話，這還用問。」痞子德想都沒想便說：「你照照鏡子看看自己的臉，全世界的人都看的出來你就是個阿宅，而你居然一點知覺都沒有。你簡直就是宅男界的神，宅到無以復加，宅到深處無怨尤的那一型。」

好狠，雖然我承認我是個宅男，但也沒那麼糟吧！

說我沒知覺？這個嘛……讓我想想喔……

我偏著頭，開始回想起我過去的宅男事蹟。

吳孟宅是我的名字，但不能因為我的名字裡有個「宅」字，就代表我很宅。

我承認我是比較不修邊幅一點，也可以說很隨興。永遠的穿著就是Ｔ恤，配上一條便宜的牛仔褲，再搭上一雙帆布鞋，全身上下的行頭加起來絕不會超過一千塊，畢竟只是個窮學生呀！

我的鬍子一週刮一次，沒流汗的話三天洗一次澡。頭髮永遠讓它呈現最自然的風貌，也就是完全不去碰它，因此我的髮型百變，今天頭髮翹前面，明天翹後面，總是能帶給人耳目一新的感覺。

現在的我就讀金城大學電機系二年級。

從小我就不太敢跟女生說話，尤其是漂亮的女生，只要是遇到喜歡的女生，講話就一定會結巴，不知道自己在胡言亂語些什麼。偏偏從小到大唸的都是和尚學校，可以認識的女生可說是少之又少，因此這種害羞的毛病老改不過來，於是我從來沒交過女朋友。

雖然說系上有幾位女生，算是系上的保育類動物，不過她們都屬於孔武有力、壯碩粗勇型，遠看還分不出她們是男是女呢！沒辦法，既然身處在這與世隔絕的和尚廟裡，當然就必須向外拓展疆域嚕！

我們的班代——阿猛超級盡責，他的任務就是為同學創造美好的幸福，大一的時候，我們就抽了至少有十位學伴。學伴學伴，美其名是共同學習的夥伴，但其實就是認識其他異性啦！誰要跟你在那邊蓋棉被純唸書，很多同學和他們的學伴後來也都順利地交往了。

隨著每次抽學伴的人數逐漸遞減，我的心裡真不是滋味。當同學們和女友在那熱線你和我時，我只能瞪著電腦螢幕，邊趕著蚊子邊敲著ＭＳＮ，等著學伴慢吞吞、愛理不理的回應。

抽了十次學伴，每次很快就被封鎖加刪除。拜託，我也才和對方聊沒幾句耶！而且我自認放在上面的照片都還蠻帥的，怎麼會慘遭被封鎖的命運呢？

唉……現在的女生還真難懂！

唯一沒有封鎖加刪除我的學伴有兩個。

第一個是中文系一年級的小龍女，起初看到她放在ＭＳＮ上的照片時，我跟痞子德的口水都流了一地。

小龍女果然人如其名，辣到讓人眼睛噴火，只見照片上的她瘦削的瓜子臉，閉著一隻眼，睜開另一隻大而深邃的美眸，半吐舌頭的可愛俏皮模樣，還將兩手環抱在胸前，擠出她那雄偉的事業線，讓半露的酥胸隨時都有呼之欲出的感覺。

此刻，與小龍女的對話視窗上頭正出現「安安」兩個字。

痞子德在一旁看著，不停地對我狂吹口哨。而我看著小龍女美麗的照片，臉紅心跳地回了她一句「安安」後，我就不知道該打些什麼了。

「吼，真受不了你，美女當前，你還可以這麼呆。」痞子德看我一副矬樣，翻了個白眼說：「真是夠了，我來啦！」接著將我擠開，一屁股坐到電腦前。

痞子德飛快地輸入：「小龍女，很高興認識妳。」

隔了許久……

「我也是。」螢幕上才緩緩出現三個字。

「你慘了！」痞子德大叫，接著他慢條斯理地向我分析：「以她回你的這種速度，我估計另外約有五個人正同時和她在線上聊天，如果你手腳再不快點的話，恐怕要沒機會了。」

「那該怎麼辦？」我對痞子德投以求救的眼神。

痞子德想了會兒，接著他笑了一下對我說：「看我的。」接著馬上在鍵盤上輸入：「怎麼這麼巧，在下有電機系楊過之稱，難不成妳就是我尋找多年的姑姑嗎？」

我看了差點沒吐出來，這麼噁心的話虧他想的出來。

這一次有效果了，不到一分鐘小龍女便有了回應：「你也是楊過？怎麼剛剛化工系也有一個自稱是楊過的人，你們究竟誰才是我的過兒呀？」

「幹，是哪個不要臉的人敢搶在我面前用這招？」痞子德氣得拍桌。

我心想：「說別人不要臉，自己也好不到哪去。」但我才沒膽說出來。

只見痞子德繼續輸入：「網路上冒充我之人何其多，但願姑姑明察秋毫，莫讓過兒一顆真心付諸流。」

這次小龍女回得更快了，她說：「可是對方的照片的確有七分貌似我的過兒呢，而你，比較像是個冒牌貨。」

痞子德看了眼我放在上頭的照片，轉頭對我生氣地說：「你放這張照片幹嘛？吼，你不知道要放最帥的照片嗎？」

「我覺得最帥的就這張了呀……」我看著照片囁嚅地說。

「真慘！」痞子德嘆口氣無奈搖頭，接著他雄心壯志地說：「好吧，那就只好看我的，看我如何幫你扳回一城。」

「所謂真人不露相，露相非真人，姑姑可莫要讓那披著假面皮的狼所騙了。我雖外貌看似其貌不揚，但骨子裡卻是俠骨柔情、仗義執言，此番有血有淚、正義感十足的人，才是真正的楊過。」

痞子德邊打還邊露出得意的笑容，他頓了一下後，又飛快地鍵入：「雖然我隱姓埋名多年，過著平淡無憂的生活，但是如今終於找到了妳，我就不得不跳出來說……沒錯，我就是楊過，楊過就是我。」

我看了差點沒暈倒，這些瘋言瘋語的話，最好小龍女會理我啦。

「呵，你這人真有趣。」

小龍女給了我一個笑臉圖案，沒想到她居然挺吃這套的！

痞子德回頭得意地對我笑了笑說：「嘻嘻，你看，她上鉤了吧，至今還沒有美女能逃得過我阿德的五指山呢！」說著他的五根手指也跟著比畫了起來。

回頭他又繼續輸入：「哪裡，這不過是我有趣生活中的冰山一角而已，還要等姑姑妳來細心發掘呢。」

「呵呵，嗯。」

小龍女的回答讓我們倆開心得不得了。

最後，痞子德回頭對我比了個勝利的手勢，臉上的表情高傲的勒，彷彿這對他來說是小事一椿。

就這樣小龍女成為第一個沒有馬上封鎖加刪除我的學伴。

大部分都是我跟小龍女在ＭＳＮ聊天，必要時我會求助我的軍師。自從痞子德給了我幾次示範後，我越來越得心應手，也許是因為看不見對方吧，所以我也就跟著大膽了起來，亂唬爛一通。

痞子德別看他很會說話的樣子，其實他只是個嘴砲，光說不練，要說他是吹牛大王也行。在網路上女生挺吃他這套的，但實際生活上，女生看到他愛吹牛、吊兒啷噹、自以為又摳門的模樣，都非常的感冒，因此他跟我一樣也沒交過女朋友。

他常說交女朋友幹嘛呀？花錢花精力，家裡有個嘮叨的老媽子還不夠？還要多一個人在那邊囉嗦。他說女朋友是個麻煩，囉嗦到令他頭疼，花錢花到他心痛。如果只是為了解決生理上的需求，很簡單，有很多種方法，至於有哪些方法……同為男人的你們自己去想吧！

我跟小龍女越聊越投機，每次一聊，總要聊上好幾個鐘頭才肯罷休。我想我一定是愛上小龍女了，否則我對她怎會有如此的依戀，如果一天不和她聊上幾句，便渾身覺得不對勁，彷彿上癮了一樣。

聊了一個月後，這天我終於鼓起勇氣約小龍女。

「龍兒，明天妳有要做什麼嗎？」

「沒呀，怎麼了？」

「我朋友送我兩張『新侏儸紀公園』的電影票，妳要一起去看嗎？」

「哇，我好想去呀！可是……」

「可是什麼？」我緊張地追問，深怕被拒絕。

「你先告訴我，你是個以貌取人的人嗎？」

「不是呀，我才不是那種人，怎麼會這麼問？」我心裡隱約覺得不對勁。

「其實……我並沒有照片中那麼美……」

「所以照片中那個人不是妳？」我盯著她的玉照，心裡沉了一下。

「照片中的人的確是我……可是……」

我豁然開朗，原來她是擔心自己沒有照片上那麼美。

她一定是害怕我所想像的和實際上看到的她會有落差，不過這也不能怪她，畢竟照片是照片，真人是真人，有一丁點的落差有什麼關係。

於是我笑著在鍵盤上輸入：「不管怎樣，妳就是妳，能見到真實的妳一定遠比照片好多了。」

「真的嗎？小親親。」

「真的呀，小寶貝。」

「好高興唷，那我們明天什麼時候見？」

「那就約明天兩點在美麗華頂樓露天廣場見，妳覺得怎麼樣？」

「好呀，但我要怎麼知道哪個人是你？」

「我們都看過對方照片了，還會認不出來嗎？」我心裡感到納悶，接著我輸入：「我們互留手機吧，以防到時找不到人。」

「不要，這樣一點也不好玩。」

我不懂小龍女所謂的好玩是什麼，正想發問時，小龍女已接著說：「這樣好了，到時我手上會抱著一本論語，你也抱著一本電子學課本。我們就以這個為信物來認對方，你覺得怎麼樣？」

「原來妳喜歡這種見面方式呀，真可愛！好呀，那就這麼說定嚕。」我看了下時間，現在已經凌晨一點了，於是我又輸入：「不早了，妳該睡嚕，否則臉上會長許多痘子的。」

「你真體貼呢，晚安啦，老公，啾。」最後還顯示出一個嘴唇的圖案。

「晚安，老婆，啾。」

不要問我怎麼突然變得這麼噁心巴拉，只能說在網路上大家都這樣，鬧著玩的啦！而且這樣搞曖昧其實心裡還蠻爽的，於是就越玩越大，越說越噁心。

就拿痞子德來說，在網路上被他稱做老婆的就有十幾個，所以我這樣一點也不過分，重點是我還蠻享受跟小龍女聊天的那種感覺。

明天就是我人生中第一次和女生約會的日子，我看著小龍女MSN上的照片，心情既緊張又興奮。

天呀！明天就會有張活生生真實的臉孔出現在我眼前耶！

第一句話該跟她說什麼呢？要說：「嗨，我就是吳孟宅，也就是妳的過兒。」不行不行，這樣實在是太輕浮了，還是我該說：「小龍女，妳果然就如同我想像中的漂亮。」

我想來想去，在床上翻來覆去，輾轉難眠。

明天會不會緊張到說不出話來呀？還是應該找痞子德陪我一起去才對，但是……不行呀！如果他去的話，小龍女一定會被他搶走的，還是不要好了，只好到時候再看著辦吧。

就這樣想著想著……直到天明。

隔天，我起了個大早。昨晚根本一夜未眠，既然睡不著，乾脆早點起來算了。

我洗了把臉，讓自己清醒一下，接著我看著鏡中的自己。

天呀！眼睛下方的兩坨黑眼圈又更加嚴重了，簡直像極動物園裡的熊貓，我應該對小龍女說：「嘿，妳喜歡熊貓嗎？妳看我這樣可不可愛？」說不定她見到我會喜歡得對我又親又抱。

嘿嘿，如果因為這樣因禍得福也不賴，邊想邊對鏡中的自己傻笑了起來。

漱洗完畢，來到電腦前，我先來做個功課。

上網開啟 Google 頁面，關鍵字下「第一次約會」，按下搜尋後，螢幕上立即跳出幾萬筆的相關資訊。

嗯……我來看看，哪些對我有幫助……

有了，第一次約會如何讓對方留下好印象，讚，我要的就是這個。

滑鼠快點兩下後，進到一個粉紅色的頁面，裡頭有著許多關於愛情、約會等方面的教戰守則，我認真地看著上頭的描述。

「給女孩子留下良好的第一印象，是非常重要的一個關鍵，決定你日後在她心中位置的去留……」

一看到「重要」兩個字，我立即挺直了背脊，整個人聚精會神了起來。

「首先，外貌要乾淨。鬍子要刮，澡要洗，頭髮要梳理，指甲要剪。」

唔，我皺了一下眉頭，蝦咪？這不就是平常的基本生活習慣嗎？有說跟沒說還不是一樣，不過……我好像沒一樣做到的……

慘了！我立刻衝去浴室，把我隔好多天才會做的事給一次解決。

沒多久，我就煥然一新地回到了電腦前。

接著，上面寫著：「穿著要得體，簡單大方即可。牛仔褲、T恤可以，但切記不要穿拖鞋，尤其是藍白拖。也儘量不要穿露腳趾的涼鞋，以免臭味遠播，當然如果遇到有好此味的怪咖妹，則不適用於此。」

嗯，這跟我平常的穿著沒什麼不同，簡單啦！因此我的信心增加了不少。

「還有，有些女生討厭菸味，因此身上最好不要有任何菸味，也避免在對方面前抽菸。」

這更簡單，我根本就是不抽菸的新時代有為青年，所以這個直接跳過。

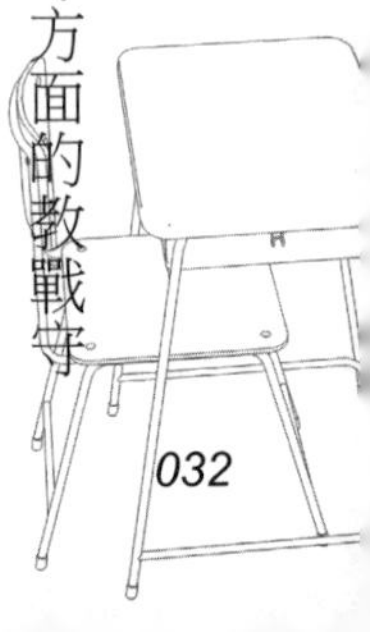

最後，上面寫著：「時時面露微笑，表示親切感，舉止有禮貌，談吐合宜。此非三言兩語即可說完，爾等也非兩三下即可學成，因此就要看個人天分，以及個人的造化。如果發生令對方不爽的情形，儘量以微笑化解尷尬，勿以小人之心度女子之腹。」

呃……乾脆說多燒香拜佛比較快，看來教戰守則也沒多少幫助，還是多靠自己吧！

加油，吳孟宅，上吧！

fighting！

第二章

時間來到下午一點五十五分。

我站在美麗華頂樓露天廣場，手抱著一本破破爛爛的電子學課本。

至於課本為什麼會破破爛爛的，因為在一個小時前，故意把我原本看起來全新的課本給翻爛，順便畫個幾行重點，再把幾頁書頁給反摺起來，看起來儼然一副用功好學生的模樣。

哈哈，我想好學生一定會受到小龍女大大讚揚的。

想到此，喜不自勝，嘴角都上揚了起來。

小龍女怎麼還沒來？

我看了看左右，此時的美麗華頂樓露天廣場，人潮洶湧，人聲鼎沸，好不熱鬧。

有人討論著等會兒要看哪一部電影；有人看到巨大的摩天輪，興奮地要與摩天輪合照；也有爸媽帶著小孩到一旁的遊樂設施玩耍，只見幾個幼童坐在旋轉木馬上，玩得不亦樂乎。

時間已經超過兩點鐘，現在兩點十分，小龍女遲到了。

看來她是故意考驗我有沒有耐心吧，呵，這點耐心我倒還是有的，我才不會上這個當。

待會小龍女一定會氣喘吁吁地跑到我面前，然後吐著小舌頭對我撒嬌說：「不好意思我遲到了，你別生氣嘛，老公。」

然後我就要佯裝生氣，但又一副拿她沒辦法的模樣，對她說：「真拿妳沒辦法，好吧，我原諒妳，但是下不為例。」

此時，她就會開心地拉著我的手，撒嬌地依偎在我懷裡說：「我就知道你人最好了，I love you，老公。」

接著我便義正辭嚴，一副不受誘惑地輕推開她說：「no, no, no，死罪可免，活罪難逃。」

小龍女聽完便嬌羞地嘟著嘴，可憐兮兮地看著我說：「不然你想怎麼樣嘛？好唄，我就以身相許吧！」

嘿嘿嘿，一想到此，我已經暗爽到一個不行。

不可以！我不能這麼無恥，但下一秒又認為無恥一點又有什麼不行，嘻嘻。

我瞧見自己正被幾個路人以奇異地眼光盯著，便清了清喉嚨，恢復到正經八百的模樣。

不行！不能再想這些有的沒的，如果被小龍女看到的話，那可就大不妙。

於是，我低頭看了看錶，接著又東看看西瞧瞧，繼續在人海中搜尋著小龍女美麗的倩影，但怎麼找也找不到一個抱著書本的絕世美女。

唉呀，電影都快開始了，怎麼還沒到？

早知道一開始就互留電話就好了咩，何必這麼麻煩？

就在我懊惱之際，我突然看見了一個抱著書本，似乎也在找人的……胖妹。

呃……不會吧！

她才不會是小龍女呢！

雖然我如此安慰自己，但手卻不由自主地將電子學課本給藏到了背後。

我從腰包裡拿出手機，邊佯裝在跟朋友講電話，邊用眼角餘光偷偷打量著那個胖妹。

只見那個胖妹，應該是我這輩子見過最胖的吧！

滿臉橫肉，身穿一件粉紅色小可愛，一件好好的小可愛穿在她身上，緊繃到腹部三層肥油清晰可見。外面搭上一件粉紅色青春洋溢小外套，而小外套隨時都有被撐爆炸開的可能。下半身穿著一件粉紅色迷你裙，配上一雙粉紅色高跟鞋，全身粉紅通通的跟粉紅豬沒什麼兩樣，而裙下的兩條大腿則緊黏在一起，雙腳無法併攏……

看到此，我的胃一陣翻嘔，實在是看不下去了，但這時我卻驚見她手上抱著的就是一本論語！

「到時我手上會抱著一本論語，你也抱著一本電子學課本，我們就以這個為信物來認對方……」

我瞪著胖妹手中的論語，想起昨晚ＭＳＮ上的對話，呆立在原地。

這一嚇可把我嚇得不輕，手腳不由自主地抖了起來，連牙齒都害怕得咯咯打顫。

我想著小龍女照片上那如花似玉、貌若天仙的臉孔，夜夜出現在我夢裡對我巧笑倩兮、美目盼兮，沒想到……砰，一隻遠古恐龍瞬間衝破畫面，美夢頓時幻滅。

天呀！她就是小龍女！

從小龍女便成了恐龍，此「龍」非彼「龍」，同樣都有個龍字，兩個卻是天南地北、南轅北轍。

雖然我還是不敢相信，但事實已擺在眼前，不由得你不信。

我吞了吞口水，強壓住內心的恐懼。

幸好，她還沒發現我，我可以趁現在逃跑。

對不起啦！誰叫妳要毀了一個少男純稚的心。

我挪了挪腳步，想腳底抹油，酸嚕（台語），但好死不死，那個胖妹居然找到這裡來。

此刻的我很想把電子學課本給藏起來，但偏偏我今天只揹個小腰包，想藏也無處藏。

眼看胖妹眼睛瞇成一直線，就像是恐龍在尋找獵物般，目光在人群中不斷地搜索著，不肯放過任何蛛絲馬跡，一步步地向我這逼近。

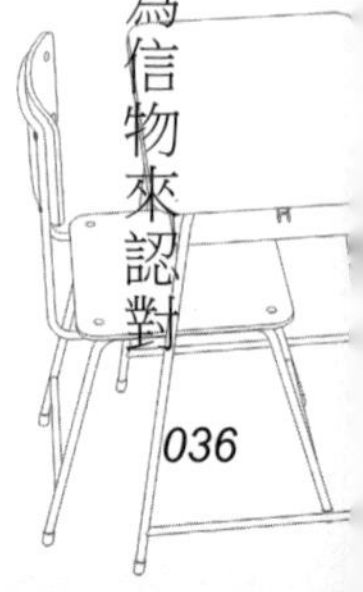

媽呀！我此刻的恐懼真是難以言喻。

我抖個不停的手緊抓著藏在身後的電子學課本，呼吸急促冷汗直冒，我真想把課本給當場撕爛、燒掉，甚至把它吞下肚我也無所謂。

「阿彌陀佛、南無觀世音菩薩請保佑弟子，弟子回去會多燒些金紙給祢，請祢保佑弟子能全身而退。此乃人命關天，否則我看我小命休矣！」我在內心不停祈禱著能不要被發現。

我跟著人群，躲在人群的後方，想趕緊逃離這個地方，但還是被眼尖的恐龍給發現我手中的課本。

這時我才知道什麼叫做「忽有龐然大物拔山倒樹而來」，只見胖妹以兇猛地氣勢撞飛了擋在她眼前的礙事者，雙眼緊盯著我惡狠狠地暴衝了過來。

我一驚，趕緊趁有個路人擋在我和胖妹之間的空檔，將書本給往旁一丟，沒命似的逃跑了。

但我才剛走沒幾步，身後一位中年大叔便追了上來：「先生先生，你的書掉了。」

「不是不是，這不是我的，你認錯了。」我瞪著他手中的電子學課本連忙否認。

這時，胖妹也已經來到一旁，靜靜地看著。

「不對呀，我明明看到這本書是從你手中掉出來的，而且我女兒也看到了。」大叔說完還蹲下來詢問他身旁的女兒：「心心，妳也看到這本書是哥哥掉的對不對？」

「對呀，我跟爸爸都親眼看到的，不會錯。」那個被喚作心心的女孩說完，用她天真無邪的眼神看著我說：「哥哥為什麼要說謊？老師說說謊是不對的，所以你不可以說謊。」

此刻我的額頭正冒著涔涔的冷汗，在看到胖妹的眼神散發出犀利光芒的那一刻，我就知道完了，大勢已去，想賴也賴不掉。

「對吼，這看起來真的像是我的書耶！原本好端端地在我手上，怎麼會突然掉了呢？真是奇怪！」我緊張地笑著。

「對吧，我就說是你的咩，你還不信。」心心說完便接過大叔手上的課本，上前交到我手裡。

「找到就好，看這本書被你翻爛的程度，我想這本書一定對你很重要，下次可別再掉了呀。」大叔開心地說。

呵呵，「很重要」這幾個字聽得我真是羞愧，那本書多半是我上課助眠的工具而已，好幾頁上頭都還殘留著我口水的痕跡哩！

但我還是擠出笑臉說：「是是是，下次我不會這樣了，謝謝你們的好心，好心會有好報的。」最後幾個字我幾乎是咬牙切齒地說著。

「不謝，老師說助人為快樂之本。」

心心因為做了一件好事而高興得不得了，

大叔也說：「你就不用再道謝了，那我們先走了，不打擾你跟你女朋友約會了。」邊說還邊曖昧地看了一眼身旁的胖妹。

這對父女一搭一唱的，完全沒察覺我臉上的異狀。

「不，你誤會了……」

我才剛開口想要解釋，但大叔早已拉著心心的手走遠，邊走還不忘回頭笑著和我說再見。

我苦笑地站在原地揮手目送著他們，但內心卻十分無言。

「你就是過兒嗎？終於，我終於找到你了！」

非常尖細的女聲傳來，聽了我全身不舒服。

過兒？我現在比較想當一個路過的人。但礙於手中的課本已洩露出我的身分，且我MSN上的照片完全無造假，真人與照片的相似度高達百分之百。

在證據確鑿的情況下，我只能承認：「嗯……嗯……」光是說個「嗯」字就讓我說了半天，可見我真的是鼓起相當大的勇氣。

此刻的我，頭歪向他處，完全沒面對著胖妹，雖然是有點不禮貌，但我實在是沒那個勇氣面對她。而胖妹也真是纏人，見我的頭轉向哪個方向，她就站到那個方向去。

就這樣我的頭一直轉來轉去，而她也跟著在我身旁不停地繞來繞去，邊繞的同時她邊對我說：「過兒，我是小龍女呀！你不記得我了嗎？」

「嗯……嗯……我知道。」

小龍女嗲說：「知道你幹嘛還不理人家，討厭！我知道了，你一定是因為我遲到的事在生氣對不對？哎唷，別生氣嘛！老公……」說著她忽然勾住我的左手臂，身體也同時往我身上貼了過來。

我緊繃著神經，全身雞皮疙瘩都站了起來。尤其是她最後的「老公」兩個字，尾音還飆高了八度，讓我打了個冷顫，恨不得直接從美麗華頂樓給跳下去。

天呀！我剛剛在腦海中所編織的和美麗小龍女相遇那一刻的畫面，全部在一瞬間破滅。我的心情跌落谷底，整個人沮喪到一個不行。

夢碎，心碎，四周的場景一下就變成了黑白的顏色。

雖然我變得十分消沉，整個人無精打采的，但我還是必須振作起來對抗那個巴在我身上的怪獸，我可不想成為她調戲蹂躪的對象。

原本，我只想輕輕地推開她，以表示我的紳士風度，但沒想到她就像隻章魚般吸附在我身上，怎麼甩也甩不掉。

「請妳放開我。」我強忍著怒氣，大力地想甩開她。

「我不放，除非你說你不生我的氣。」她像是吃了秤陀鐵了心似的，緊抓著我不放。

「我沒生氣。」

呵，她以為我在為她遲到的事生氣，我才不是那種小心眼的人，但我也懶得跟她多費唇舌，我現在一心只想求她趕快放開我。

「真的？」

我點點頭，但視線還是望向他處。

「如果你真的沒生氣的話，那你轉過頭來看著我，否則……我就一直巴著你不放。」

我的心裡一涼，天呀！這簡直是恐嚇！

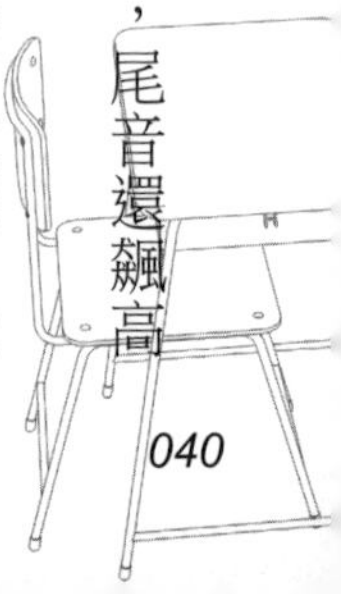

我皺著眉頭，越皺越用力，到最後五官簡直扭曲在一起了。而我的內心正飽受著水深火熱的煎熬，試問，眼睛瞎掉和手臂爛掉，你要選擇哪一個？

就在掙扎的同時，我感受到我的手臂似乎有快被腐蝕掉的危機，不管，我豁出去了！於是用盡吃奶的力氣奮力一甩，掙脫她的魔掌，同時也將頭轉正面對著她。

一看，果然是驚為天人！令我膽破心驚、三魂六魄盡失！

一張放大的鬼臉赫立在眼前！

剛才遠看還看不清她的容貌，只有驚鴻一瞥，我便速速掉頭。但現在卻看得十分清晰，老天！從沒有那麼一刻是多麼希望我的近視能夠再深一點的，這一看覺得我的眼睛整個快瞎掉。

一張超大的國字臉，五官扁平，鼻塌加上朝天鼻，眼距過寬。皮膚乾裂粗糙外加暗沉，數不清的巨大痘子散佈在整張臉上，但卻覆蓋上一層厚厚的粉底，看起來就像是豬肉裏上很厚的太白粉。

而超濃的眼妝，誇張的假睫毛，看了更是令人毛骨悚然。唇上那油油亮亮的光澤，不僅沒有呈現出垂涎欲滴的感覺，反而有種豬油從體內滲出來，不小心漏油的感覺。

呃，我的胃又是一陣翻嘔，看來連續幾天可能都要做噩夢了。

「過兒，你怎麼啦？你的臉色看起來似乎不太舒服，生病了嗎？」說完她伸出她的肥掌，一副想往我額頭上貼來。

我的身體反射性地往後一縮。

又想吃我豆腐？我不會再讓妳得逞了。

「可能是中午吃壞肚子吧，不然我看我回去休息，改天再看電影吧。」就在我欣喜，以為總算可以逃脫時，沒想到道高一尺魔高一丈，她甜甜地對我笑說：「是喔，我這裡剛好有止痛藥耶，拿去，給你吃。」說完，她還真的從她包包裡拿出了止痛藥給我。

「妳怎麼隨身會帶這個？」我在心中暗罵自己倒楣。

她紅著臉嬌羞地對我說：「哎呀，因為人家剛好那個來，所以帶在身邊，如果痛的話就可以吃啦！」

呃……看到她嬌羞的模樣，我的胃開始隱隱抽痛。別怪我現實無情，只能說這就是生物的天性，擇其善者而觀之，其不善者而自動忽視之。

「那個是哪個？」我問。

「哎唷，你知道的咩，就是那個啊！」她的臉又更紅了些，邊說兩隻手還邊不停地玩繞著垂在胸前的兩條髮辮。

媽呀！別再那個哪個地跟我打情罵俏了，現在只想立刻掐死我自己。

「哎唷，你怎麼這麼笨呀，就是大姨媽啦！」她嗔怒了起來。

「喔。」原來是大姨媽駕到，大姨媽呀大姨媽妳可害慘我也。

「別說這麼多了，電影不是快開演了嗎？走吧，我們趕快進去吧。」她催說。

我靈光一閃，突然心生一計，假裝焦急地說：「糟糕，我朋友送我的電影票放在桌上忘了帶，這下可能無法看電影了，sorry要讓妳失望了。」說完我露出無可奈何的模樣，內心卻高興到爆。

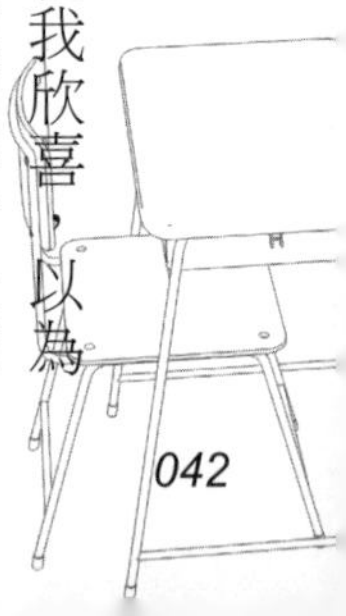

怎麼樣呀？嘿嘿，這下可以掰掰走人了吧！

「電影票忘了帶？」

我閉著眼，大力地猛點著頭，臉上表情一副很失望的模樣，但內心卻不斷地放鞭炮慶祝著。

「那……你包包這兩張是什麼？」

猛然睜開眼，低頭看著我的腰包，臉都綠掉了。

什麼鬼！我居然……腰包的拉鍊居然沒拉，以致於電影票有一半是暴露在外頭。

「呵呵……剛剛我怎麼找都找不到，怎麼妳一來，電影票馬上就跑出來了？妳實在是太厲害了！」此刻我的心情從天堂墜入地獄，好像聽見魔鬼正在對我宣判：「你認命，乖乖受死吧。」說完便將我原本所燃起的一絲希望給吹熄。

「看來我還真是你的福星耶！」邊說她邊笑得花枝亂顫，我內心苦喊：「oh，no，妳可千萬別愛上我！」

「走吧，電影快開始了，我們快進去吧。」她拉著我的手臂往前走。

「我自己會走啦，妳別拉。」我趕緊縮回手臂。

「好啦好啦。」

我心不甘情不願的尾隨著她，先去兌換了兩桶爆米花與可樂，然後走進漆黑的放映廳內。

雖然我一臉大便，但我還是慶幸，好險是看電影，可以不用和她做任何的互動。而且在漆黑的放映廳內，我只需要把目光focus在電影上便好，不用和她面對面，這可說是不幸中的大幸。

現在我只求待會看電影的空檔，她能別騷擾我，讓我能平平安安的渡過，身心健全地回家。

坐在座位上，離影片開始還有一點時間，雖然我十二萬分的不願意和她交談，但我還是不死心地問：「那個……呃……妳MSN上那張照片的人是誰呀？」

不知道為什麼，我真的希望有這個人存在，但是隨之而來的答案，馬上便讓我的希望破滅。

「就是我呀。」她大言不慚地說。

「呵呵……那妳跟照片上還真是非常的不像呀……」

「哎唷，人家只是小小地修了一點咩。」說著還吐了吐她的肥舌。

我心想不只一點吧，是很大很大的一點！

天呀！這是詐欺，不能放任這種人在網路上殘害清純男孩的心。社會實在應該訂定一條保護清純男法則，讓這些騙人情感的妖魔鬼怪受點懲罰，否則真是禍害人間，像我，就已經深受荼毒，幾乎快到達心神崩潰的境界。

「哎唷，我最近變胖了一點啦，我已經很努力地在減肥了，以後變瘦就是照片中那模樣啦。」她說。

我點點頭，不想回答什麼。

這頭妖怪，又想妖言惑眾，我才不信妳這套。減肥？騙肖，傻瓜才上這個當。

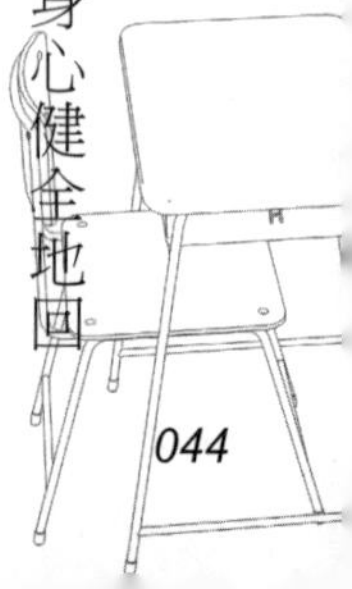

電影總算開始上映，我將精神專注地放在電影上。

過了十分鐘，就當我專心地看著電影，邊吃著爆米花的同時，忽然察覺到有一股掌風從右方撲來，我還沒來的及反應，手中的爆米花便被抓走了一大把。

我鐵青著臉，轉過頭來瞪著那個偷我爆米花的賊。

只見她就像隻青蛙一樣，臉頰鼓鼓地快速咀嚼著口中的爆米花，一副餓了好幾天的模樣。見我轉過頭來，她將嘴中的爆米花一口吞下後，對我笑了一下說：「我的爆米花吃完了，可以吃你的嗎？」

我看著她手中那空無一物的爆米花桶，嚇了一跳。我自己的也才吃沒幾口而已，沒想到她的已經立刻掃光見底，我看她是直接用倒的吧。

我心裡冷哼了一下，更加不相信她剛剛說要減肥的事。

「好啊。」我冷漠地說。

立刻她的一雙肥掌又伸了過來，我緊盯著她那雙手，仔細地監視著她的一舉一動，我可不希望她除了爆米花之外，還碰觸到我身體的其他地方。

這時，電影「砰」的一聲傳出巨響，讓胖妹轉過頭分了心。

眼看她的手偏離了爆米花桶的位置，往我兩條大腿中間伸去，下一秒，我驚恐的將一整桶爆米花直接塞進她手中，並將她的手給推了回去說：「整桶都給妳吃，妳自個兒慢慢享用吧。」

她回過神，開心地對我說：「是喔，你人真好。」

我苦笑，差點貞潔就要不保了。呼，真是驚險一瞬間！

我想整桶爆米花都送妳，應該不會再來煩我了吧。但是事與願違，到了電影下半場，一隻隻的恐龍接連冒出來與男女主角上演著追逐賽，驚險刺激的場面令全場的觀眾尖叫連連。看著電影中的恐龍，卻一點也不覺得牠們恐怖，在看過旁邊這隻後，我想再怎麼恐怖的恐龍，都覺得牠們很可愛。

儘管我一點也沒被電影的驚險場面給嚇到，但每每還是讓我的身體反射性地向左方猛彈，想也知道怎麼回事，我是被我身旁的恐龍給嚇到的。

只要她一被嚇到，她便整個人往我身上倒過來。老天！如果我不閃遠一點的話，我看我被她壓到可能非死即傷，於是就一直上演著她往我身上倒，而我往左邊彈的戲碼。

而坐在我左邊的阿伯可就辛苦了，他的臉可是臭得不得了，直瞪著我看，畢竟一直往他身上靠去，他也覺得非常的不爽吧。

電影結尾時，突然又冒出一隻恐龍把大家給嚇了一跳，這次胖妹的反應更大，她簡直是直接往我身上飛撲而來。

我身手矯捷地往旁一閃，結果正在喝汽水的阿伯被我這麼一撞，汽水整個撞翻灑得他全身都是。他氣得七竅生煙，一副快腦中風的模樣，連忙跟他彎腰陪罪，但最後他還是不領情地走了。

吼，我這是招誰惹誰呀？

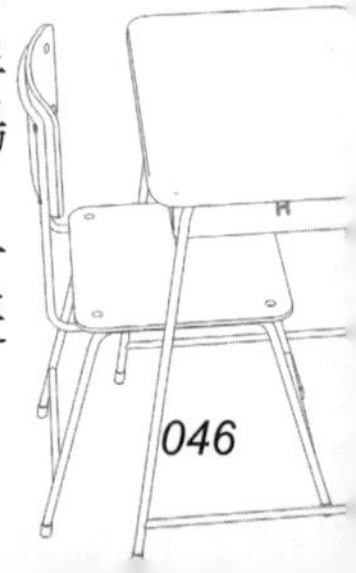

我瞪著身旁的罪魁禍首，看來她也知道是她害的，而看到她裝無辜跟我撒嬌的模樣，我的臉更是黑到一個不行。

終於，我們離開了電影院。

我想電影看完總該可以拍拍屁股走人了吧，但她像是意猶未盡似地問：「我們等等還要去哪？」

「我等等有事，要先走了。」我可不想再跟她耗下去。

「有什麼事？」她不死心地問。

「呃……那個……那個……」

我被她那雙銳利的眼神給盯得好不自在，竟一時間想不出任何理由，只能緊抓著電子學課本，不知道該如何是好。

就在我還在思考該用哪個理由才能全身而退不被戳破時，胖妹一副了然地說：「你要回去唸書喔？聽說你們小考很多是吧？」

我僵硬地點了點頭，反正能讓我走的話，什麼理由都可以。

但她像是不肯放我走似的，一直對我猛哈啦：「哇，你好認真喔！其實當我看到你手中的課本時，我就猜你一定是個聰明用功的好學生，嘻嘻。」

我心裡一驚，趕忙解釋：「不，妳誤會了。我上課都在睡覺，每天都在混吃等死，這本課本裡面到處都是我睡覺流口水的痕跡，妳看……」

我連忙翻開課本，想證明我不是她想像中的好學生。

「不用看了啦，你幹嘛這麼謙虛，很多功課好的人還不是都說隨便唸唸而已。」說完她笑得更加開心，而她看著我的眼神，似乎還夾帶著某種情愫存在。

慘了！該不會她哈上我了吧？

接著，她背過身去對我說：「喂，你想知道今天第一次約會我給你打幾分嗎？」

「幾分？」

我的背脊一陣發冷，其實我根本一點也不想知道，不及格零分最好。

「九十九分。」

轟……我覺得像是被原子彈炸過。

「呵呵呵……呵呵呵……」

我不知道該說什麼，只好按照教戰守則上所說的「以微笑化解尷尬」。

「想不到你居然這麼高興呀？呵呵，那你知道為什麼你會被扣那一分嗎？」胖妹回過身來一臉欣喜地看著我。

我搖頭，其實我並不想知道。

「扣在外貌。」

我聽了差點沒吐血，外貌？這隻恐龍還真是語不驚人死不休！

「如果你能夠再高一點，長相再帥一點，男子氣概再多一點的話，那就更完美了。」

我居然……我居然被一隻恐龍評論我的外貌有待加強，自己也不去攬鏡自照看看，哼！

胖妹突然又背過身去，這次她向前走了幾步，慢吞吞地說：「嗯嗯……嗯……人家……」

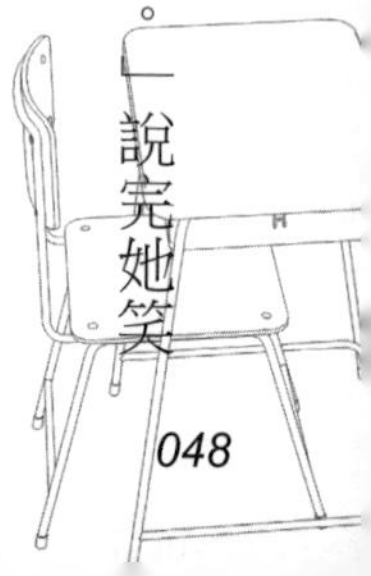

不好，我看我還是趁她不注意的時候趕快溜好了。就當我移動腳步想要開溜時，她的背後就像有長眼睛似的，出聲對我說：「你等人家把這幾句話講完再回去唸書嘛，急什麼。」

這樣也可以被抓到，唉，天要亡我矣！我無奈地站回原地。

胖妹背對著我繼續說：「今天第一次約會，人家……」

別再跟我說這是場約會，我根本完全不承認，而且拜託別再人家來人家去的，再搞下去我中午吃的飯都要吐出來了。

「過兒，你在人家心中是個外表乾淨整潔……」

乾淨整潔？我最討厭了，我趕緊將梳齊的頭髮給弄亂，褲管捲得一高一低，T恤一半紮進褲子裡，一半露在外頭，布鞋又把它踩回去當拖鞋來穿。

「看起來有朝氣活力、目光炯炯有神，看得人家內心小鹿亂撞……」

有朝氣？目光炯炯有神？

鬼啦！我只是在瞪她而已吧，想不到她還蠻會自作多情的。而這時，我讓自己駝著背，瞇著眼半倚靠在牆邊，呈現出一副要死不死的模樣。

「還有，我最不喜歡身上有菸味的男生了。你不僅沒有，而且身上還散發著淡淡的薰衣草香，我最喜歡薰衣草的香味了。」

我舉起手，嗅著自己身上的味道，果真有個薰衣草香。早知道就不要買有薰衣草香的沐浴乳，原來她剛剛就是不停地巴在我身上「偷香」呀，一想到此我的胃又是一陣翻嘔。

眼見一旁有個菸灰桶，我連忙抓起裡面的菸灰往身上狂灑，順便抓起一根別人丟在上面未捻熄的菸蒂夾在兩指間，假裝是我在吞雲吐霧的模樣，但菸味實在是太嗆鼻了，令我忍不住咳了幾下。

「還有啊……」

這時胖妹聽見咳嗽聲，轉過身來，而此刻的我已經變成一個邋遢、散漫、精神萎靡的抽菸客。

「你怎麼會變成這樣？」她嚇了一跳。

「我怎樣？我一直都這樣啊。」我裝糊塗。

「可是你剛剛不是這個模樣。」

「沒有啊？我一直都這樣，妳會不會是看錯了。」

「可是……」

「一定是電影院燈光太昏暗，以致於妳沒看清楚我的模樣，要不然就是妳記錯或是認錯人了。」

「是嗎？」胖妹狐疑地看著我。

我點頭又假裝抽了口菸，我瞄到胖妹臉上閃過一絲嫌惡的表情。

賓果，我要的就是這個。

我趕緊火上加油地問她：「怎麼？要抽一口嗎？」邊說還邊將菸遞到她面前。

「你常抽？」她鄙夷地看著我。

「對呀，我菸癮很大，兩天就要一包。」我暗喜。

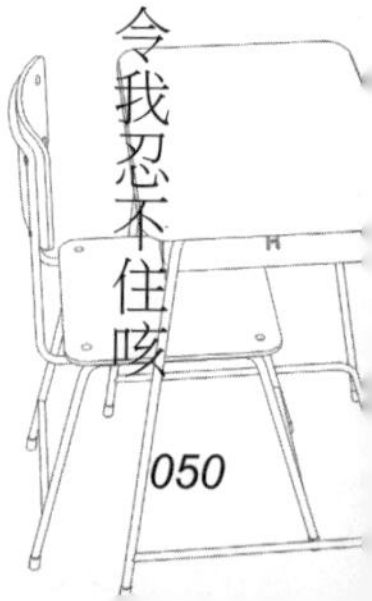

接下來胖妹的反應令我措手不及，她拍掉我手中的菸，突然掐住我的下顎，撐開我的嘴質問：「如果你常抽，為什麼你的牙齒還這麼白？」

我心驚！天呀，她是名偵探柯南嗎？

我吞吞吐吐地解釋：「因為……因為……我才剛上癮沒多久而已……」

唉唷，這藉口這麼爛，我才不信她會相信。

結果她居然緊抓著我的兩條手臂，用力地搖晃著我的身體說：「不行，你一定要戒掉……趁現在還來得及，你一定要戒掉……不要拿生命開玩笑……」

奇怪，我抽不抽菸干妳屁事，當然我沒說出口。

她使勁地搖晃著我，我想掙脫都掙脫不了，就這樣被她前後搖來搖去，而她的臉也在我面前，一下靠近一下遠離，一下放大一下縮小。

我被迫看著這張鬼臉，胃中一陣翻攪，我想叫她別再搖了，但話還沒說出口便「嘔」地一聲，穢物立即從口中噴出，不偏不倚全命中她臉上。

我看胖妹的臉一陣青一陣白，似乎氣到了極點。

「對不……」

話都還沒說完便「啪」地一聲，我被送上一記耳光，打得我震耳欲聾、眼冒金星。

最後，胖妹大聲地撂下：「你這個醜八怪、混蛋，你被我甩了！」然後就氣沖沖、頭也不回地走了。

路人都用一種看好戲的眼神看著我，真丟臉，真想挖個地洞鑽進去。我明明就沒跟她交往，卻說我被她甩了，真是莫名其妙。

回去後，不用想也知道小龍女把我封鎖加刪除了，拜託，這應該是我想做的事吧。有了這次慘痛的教訓，我再也不敢在網路上輕信別人。

想到此，不禁打了個哆嗦，我的第一次約會竟斷送在恐龍的身上，成為揮之不去的夢魘。

＊＊＊

第二個願意和我聊天的學伴，是外文系二年級的系花，綽號叫公主。

這次我還特地躲到她們教室門口偷看她是否長得和照片一樣，以免再次上當。沒想到這次我真的走運了，公主果真是外文系的系花。

只見她一頭浪漫的捲髮，面貌姣好，高挑的身材，勻稱的雙腿。不僅身材火辣，穿著更是養眼，小可愛配上小短褲，自信大方的展露好身材。

呵呵，我在一旁暗爽。

老天一定是看我上次打擊太大，所以這次才補償我一個這麼好的，如果我再不懂得好好把握的話，就是個豬頭。

有了上次的聊天經驗後，這次在MSN上，我不用思索太久，便可以找到話題和公主隨意瞎扯淡。而她的反應也都還不錯，讓我更加有了自信，於是在聊了兩個禮拜之後，我便想趕快約她出來見面。

「明天中午要一起吃個飯嗎?」我在MSN上約她。

「明天中午我有事耶。」

「是喔……」文末還加上一個小人跌跪在地上的圖案,呈現出很沮喪的模樣。

「不然明晚如何?我們吃完飯再去逛個街吧。」

唷呼,成功了,不只吃飯,她還約我逛街呢!難不成她對我也有好感?

「那妳想吃什麼?」

「我想吃王品。」什麼,王品!一個字,貴。

「可是我不吃牛耶。」其實我都吃啦,只是還是那句話,貴。

「那你可以點豬排呀。」

「不然去吃平價牛排怎麼樣?我知道有家牛排店不但便宜又好吃喔。」我建議。

「是喔……那你自己去吃吧,我不去了。」

看來她堅持非吃到王品不可,我只好妥協說:「好吧好吧,那就吃王品吧。」

她給了我一個笑臉圖案,接著說:「我明天六點下課,你開車到校門口來接我。」

「開車?我沒車呀。」

「你不是說你家裡有車。」

「那是我爸的,但是他平常都要開,所以他不會借我的,騎摩托車不行嗎?」我小心翼翼地問。

「我不坐摩托車的,你很遜耶!連車都沒有!」看來公主似乎有點不爽了。

「不然坐公車加捷運怎麼樣？」

隔了許久都沒回應。

等到我都快睡著了，公主才丟了一句：「嗯，明天見。」然後就離線了。

慘了慘了，我是不是哪裡做錯了？不然她怎麼好像不太高興的樣子？

越想越為明天的約會感到擔心，搞得我整晚心神不寧，睡不著覺。

隔天下午五點，上完課回到宿舍後，我迫不及待地先衝進浴室洗了個香噴噴的澡，接著便開始認真地整理我的門面。

其實也沒做什麼，就把頭髮梳整齊，順便梳一下眉毛，修剪一下過長的鼻毛與指甲，再挑選一件我自認還不賴的T恤、牛仔褲。

最後站在鏡子前東照照西瞧瞧，覺得自己帥到電死自己後，才心滿意足地離開宿舍。

沿著羅馬大道，我漫步在校園裡，邊走邊哼著小曲，心情愉快得不得了。

就這樣算好時間，到達校門口時剛好六點整。

然而，沒想到公主卻早已站在那，而且臉上的表情似乎……不太友善。

她一見到我劈頭便說：「你遲到了。」

我莫名其妙地看著手上的錶說：「沒……沒有啊，現在……現在……剛好六點，我沒……沒……有遲到啊！」

看到美女，我說話結巴的老毛病又犯了，話都說得不清不楚。

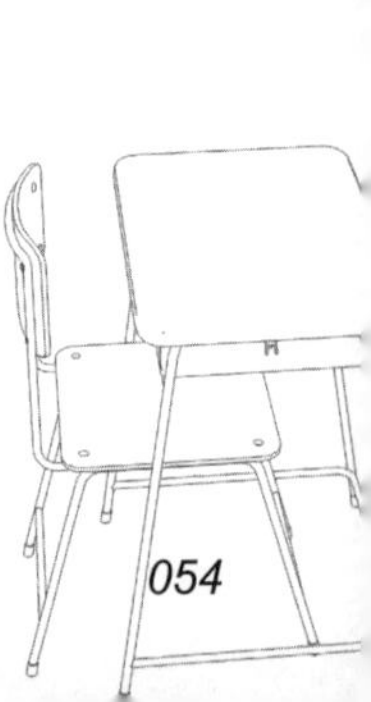

歉。

「比我晚到就是遲到，哪有人第一次約會就遲到的？」

「對不不……起，下次我我……會提早到……到的。」

她白了我一眼後，轉身就走，我一邊追上她的腳步，一邊直向她道歉。

其實我根本就沒有遲到，是她自己要早到的，但為了討佳人歡心，我還是乖乖低頭和她道歉。

她停下腳步，厭煩地轉頭對我說：「你別再一直道歉了，你知道聽你講話我很痛苦耶！你可不可以別再說話了？」

痛苦？是因為我結巴嗎？

「對……不不……」話都還沒說完，我便慘遭一記大白眼。

後來一路上，她都不太理我。

我望著她美麗的背影，心想她的個性怎麼跟網路相處時不太一樣？真是奇怪！

算了，人不可能完美，看在她美麗的份上，我想應該是可以原諒一下她驕縱的脾氣。

經過三十分鐘的車程後，我們來到中山北路上的王品，醒目的紅色招牌立即映入眼簾，而此時公主的臉上也換上了愉快的笑容。

進入餐廳後，裡面座無虛席。

由於我忘了事先訂位，因此又惹得公主相當不開心，但是幸好有一對情侶正好用完餐離開，我們馬上有位置坐，我才不用繼續遭受公主所投射過來的殺人目光。

入座後，服務生貼心地送上兩杯水來，接著我看著手裡的菜單，點了個最便宜的套餐。而公主則毫不猶豫挑了一個最貴的，儘管我的內心正不斷地淌著血，但是能夠換來與美女共餐一頓，也算是一種無上的榮耀。

用餐的過程還算愉快，雖然我跟她聊天時，講話還是結巴到一個不行，但公主卻不再表現出一臉不耐的模樣，而是開心地吃著美食，有時會簡單地對我所說的話應個幾句。

儘管她沒有表現出不高興的樣子，但我還是懷疑是不是我的話題太無聊了，以致於她一副興趣缺缺的模樣。

二十分鐘過後，我點的套餐都一一被我給吃得一乾二淨，但是公主卻每樣都只淺嚐幾口然後就不吃了，剩下一堆食物擺在桌上。

我覺得很浪費，但也不敢說些什麼，想幫她吃又礙於我的胃已經撐到一個不行而作罷。

吃飽喝足，我主動拿起帳單到櫃檯付帳。

摸出皮夾，掏出二張千元及五張百元的鈔票，接著又摸了摸兩邊牛仔褲的口袋，數了數幾枚銅板，這才發現銅板不夠，還差十元。

我轉頭問公主：「妳有十元嗎？」

沒想到她立刻拉下臉，冷冷地說：「沒有。」

咕，連找都沒找就說沒有，我都要幫她出錢了，跟她要個十元臉也臭成這樣，看來真的是遇到名副其實的「公主」了。

沒辦法，我只好再多拿出一張百元鈔票來付帳，就在我把錢付完後，公主的臉上又換回了甜美的笑容。

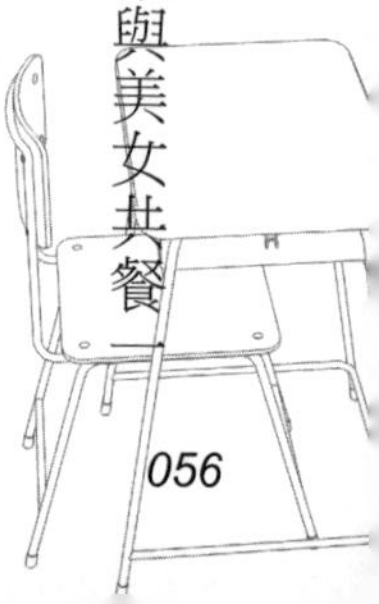

離開時，她主動地勾起我的手臂，天呀！被她這麼一勾，我的魂魄都被勾走了。

「走吧，我們去逛街。」她甜甜地說。

我看著我的手臂，感受著一股強大的暖流注入體內，鼻子嗅著她身上那醉人的芳香，壓根已全然忘了自己身在何處，只能傻呼呼地說：「喔……喔，好好……啊。」

走呀走著，一路上逛的盡是百貨公司及豪華精品店，我半點興趣也沒有，就只是傻傻地陪她逛。

這時路過一家包包專賣店，公主停下腳步，目光被櫥窗裡新上市的包包所吸引。

「你看，這個包包。」她指著櫥窗裡一只紅色手提包。

我先是看著她所指的包包一眼後，便飛快地看了一下上頭的價錢。

蝦咪！要一萬多元！

呃，一看到這麼貴的價錢，就算再好看的包包，我也把它想成是狗屎，只想趕緊走人。

但公主對這個包包似乎非常有興趣，她左看看右瞧瞧，又進入店內拿起包包不停地摸來摸去。接著她站在鏡子前，揹著包包，不停地擺著 pose 問我：「好看嗎？」

「嗯，好……好看。」

「是喔……怎麼辦，人家好想要喔……」說完她微嘟著嘴，用她可憐兮兮的美眸看著我。

呃……不會吧。

「那……妳妳……買呀。」

接著她跑來勾著我的手臂，對我展開柔情攻勢：「可是，人家沒帶錢呀。」

「那……下下……次再……再買……」

雖然我承認被她那銷魂的聲音給弄得整個骨頭都快酥掉，但是這並不代表我已經喪失了心智，我可是很有自制力的，儘管我的自制力也是薄弱得可以。

「才一萬多元而已，超便宜的！而且店員剛剛跟我說只有今天才有這個優惠，下次就沒有了。」

很便宜！我銀行裡的總存款也不過才一萬多元而已呢！

這時，一旁的女店員走了回來，繼續使出她的三寸不爛之舌，頻下猛藥說：「我跟妳說，這個包包超適合妳的，簡直就是為妳量身訂做。揹在妳身上不但可以襯托出妳優雅的氣質，更讓妳美到一個不行，妳一定要買，不買妳事後一定會嘔死。而且這款包包已經被許多人買走了，現在就只剩架上這最後一個了，心動不如馬上行動，要買要快。」

我看公主被唬得一愣一愣的，實在不得不佩服那個女店員的口才。

公主以期盼的眼神望著我，我吞吞吐吐地說：「我身上沒……沒這麼多……錢。」但身旁這位吸血美女似乎並不打算放棄，她說：「你可以刷卡呀。」

「我沒……沒卡。」我的聲音更加小聲。

「什麼！你連卡也沒有？」說這句話的同時，公主也將手抽離了我的手臂，並用她那已噴火的雙眼怒瞪著我。

我吞了吞口水，不好意思地點了點頭。

她不客氣地問：「那你身上還剩多少錢？」

我打開皮夾數了數，又掏了掏口袋，最後才慢吞吞地回答：「三百……六……六十七元。」

「什麼？這樣是要逛屁喔！」說完她輕蔑地看著我。

第一次聽到美女說粗話，真令我錯愕，我連忙道歉：「對……對不不……起。」

女店員一聽完我們沒錢買後，立刻拉下臉，拍了拍被我們摸過的包包，好像我們手上有細菌一樣，接著她便不甩我們，轉身去招呼其他客人。

「我要回家了！」公主吼出這句話後，便直接掉頭走人。

我知道我一定是惹她生氣了，而且還氣得不輕，但我依舊不明白我到底做錯了什麼。

「我……送送……妳。」我在後面追著她。

她冷冷看了我一眼說：「隨便。」然後我們又是一路無言。

回到宿舍後，我滿臉懊惱，怎麼好好的約會變成這樣？

希望公主不要不理我，我趕緊上ＭＳＮ想跟她聊聊，雖然她沒有封鎖加刪除我，但卻理都不理我。

唉，女生怎麼那麼難搞呢？

就這樣，她對我不理不睬了好幾天，讓我有點傷心，整個人恍恍惚惚的。

痞子德見我失魂落魄的模樣，他安慰我：「別難過了，這種有公主病的女人不要也罷，她只是想要每個男人都伺候她，為她付出而已。」

「可是我喜歡她……」

「你別傻了，她不會對你真心的啦，她只是想利用你。」

「是嗎？唉……」我臉上盡是掩不住的失望。

過了一陣子，公主總算對我有回應了。

她開始和我繼續聊天，雖然她感覺起來有點冷淡，但我還是相當開心。

接著幾天，她叫我幫她買早餐送過去，叫我幫她查資料寫報告，叫我幫她搬東西打掃房間，我通通都照辦，而且還非常地樂意，我想公主一定是願意接受我了。

我這樣無怨無悔地為她付出，她一定會深受感動，經過比較後覺得還是我對她比較好，於是最後選擇了我，嘻嘻。

不過，當我喜孜孜地告訴痞子德我又有機會時，他卻潑了我一桶冷水：「你這個白癡，你被她耍得團團轉了，你都不知道。」

「有嗎？我身上既沒錢又沒美色，她是要騙我什麼啦？」

痞子德白了我一眼說：「騙你幫她做事呀，蠢蛋。」

聽完我的心涼了半截，但我還是幫公主辯駁說：「她才不是這種人。」

「你不信？我敢跟你保證，她的身邊一定有其他像你這樣的蠢蛋在幫她做事，而最後你們都是被發好人卡的那一群。」

「真的？」

「我騙你幹嘛。」

於是，我又開始偷偷觀察公主的行動。

果然，除了我之外，她的身邊總是有其他男生任她差遣，包括司機接送、做功課、請吃飯……等。

越是觀察，越是感到挫折，而且令我火大的是，她早就已經有男朋友了！她的男朋友還是本校的風雲人物，金城大學最有錢的創校人之子兼本校學生會會長，號稱砸錢不手軟、花錢花到手會抽筋的金大亨。

真是不甘心自己的一顆真心又再次受到了欺騙。

我只是單純地想談場戀愛，想交個女朋友而已，為什麼會這麼難呢？我不懂。

以上就是我的感情生活史。

就在我對愛情失去信心，覺得生活毫無樂趣時，我遇到了她……

嗯，也就是發傳單的女孩，我對她一見鍾情，我想要認識她、接近她，我……我……

我要加入宅男改造社！

「我要入社。」我對痞子德說。

「啥？你要加入這個不知道什麼鳥不拉嘰的社？」邊說邊將我手上的傳單搶過去，在我眼前揮了揮。

「嗯。」我堅決地點頭。

痞子德捧腹大笑起來，邊笑邊對我說：「適合你，保重。」

「你也要跟我一起加入。」

痞子德的臉瞬間綠掉，他鬼叫說：「我才不要！你不要拖我下水！」

「喔？這麼絕情呀你。」

「拜託，我又不是宅男，幹嘛要加入？這可是關乎我個人名譽問題呢。」

「那……以後我的漫畫小說都不借你嚕。」

「呃……」痞子德的內心開始動搖，我趕緊繼續說：「如果我說，你這半年租漫畫的費用都我出呢？」

嘿嘿，我就不信小氣的你，這樣能不上勾。

只見痞子德表情糾結，掙扎了沒多久後，他便熱血沸騰地說：「好吧，我只好捨命陪君子了，我不入地獄，誰入地獄？就算是要上刀山、下油鍋，為了朋友就算兩肋插刀也在所不惜！」

「喂，沒這麼嚴重吧。」

就這樣，痞子德願意和我一起入社，今晚我不僅可以見到可愛的傳單女孩，也可以給她一個滿意的交代。

呵呵，雖然我是醉翁之意不在酒，不過……沒差啦！

為了愛情，什麼宅男改造社，我沒在怕的！

第三章

晚上六點，依約定，我拉著痞子德前往慾望城市大樓312教室。

說到我們學校的大樓啊，每棟都有它特有的名字，例如我們理學院就叫做「日理萬機」大樓，照字面上的意思就是每天會處理許多的「機器」。其他像商學院叫做「錢途無量」大樓、文學院叫做「人文薈萃」大樓、法學院叫做「無法無天」大樓、醫學院叫做「醫本萬利」大樓，也都相當的有意思。

慾望城市大樓白天是共同科目的上課教室，晚上則借給社團來使用，至於為什麼要叫做慾望城市大樓呢？我們也不清楚，也許替大樓命名的人正好喜歡看慾望城市影集吧！

夜晚中的學校靜悄悄的，而慾望城市大樓則顯得特別熱鬧。

一間間燈火通明的教室，裡面傳來各式各樣的聲音，有音樂聲、歡唱聲、七嘴八舌的談話聲……等。

踏上三樓，還未走進312教室，便發現裡頭真是出奇的安靜，要不是教室裡的燈是亮的，我還真以為我們走錯了地方呢。

一踏進教室，映入眼簾的是一排排無人的課桌椅，而吊在天花板上頭的四支高級電扇，正展現著它良好的性能無聲地在教室裡旋轉著。

教室裡有著白天發給我傳單的女孩，以及一位看起來年紀與她相仿，身高卻矮半顆頭，也算是個可愛型的女孩，她們正在教室講桌前測試著投影機。另外在靠近牆邊的座位上，還有一位趴在桌上睡得不省人事的老兄。

我低頭看了眼手錶，現在已經六點十分，照現場的情形看來，參加的人數相當稀少。

果然，不出所料，誰會想來參加這種社團呀？

這時，白天發傳單給我的女孩轉過頭來，發現了我們，立即上前招呼：「你來了呀，歡迎，趕快進來坐。」

看著她臉上的笑容，我也跟著傻笑了起來，一個「嗨」字都沒來得及說出口，就已經被拉至第一排的椅子上坐了下來。

痞子德跟著在我身旁坐下後，貼近我小聲地說：「喔……我知道你為什麼這麼想要入社了，食色性也，我了，我了。」邊說還邊不停地點著頭。

「不要亂說話，別損壞我的名聲喔，我警告你。」

「難怪，我想說你什麼時候轉性了，突然這麼積極想加入社團，原來動機不單純呀，嘖嘖。」

「噓……別說了。」

個子較矮的女孩遞來兩份資料給我們，並笑咪咪地對我們伸出手說：「你們好，我是美麗，她是綺綺，我們是宅男改造社的經理，很高興認識你們。」

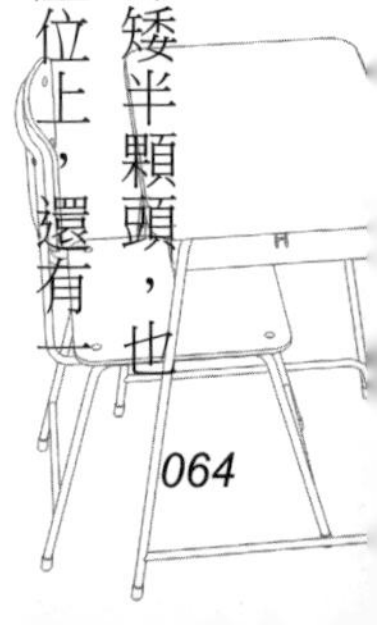

痞子德搶先握住美麗的手說：「妳好，大家都叫我痞子德，我從剛剛就一直覺得妳好面熟喔，我們是不是在哪裡有見過？」說完痞子德似乎不打算放開美麗的手，直緊握著不放。

「哼！下流，色胚。」我在心中暗罵著。

「是喔，這麼巧，我也正好想要告訴你，你也長得好面熟喔。」美麗笑咪咪地說著。

「真的？那我們的緣分還真不淺呀。」痞子德笑容滿面。

「對呀，你怎麼長得那麼像我家死去的那條臘腸狗呀。」

美麗說完便不客氣地將痞子德的手給一把甩掉，痞子德臉上的笑容瞬間凍結，我看著他那副糗樣真想哈哈大笑。

接著我也伸出手想和綺綺友好一下：「我叫吳……吳孟宅，很很……高興認認……識妳。」我的舌頭又開始打結了。

綺綺給了我一個親切的笑容，並跟我握了握手，這一握我覺得全身一股暖流通過，好溫暖呀！原來女生的小手是這麼好摸，為什麼我直到現在才知道？

正當我還兀自沉浸在陶醉的情緒中時，一句「老師來了」便將我給拉回了現實。

隨著紛沓的腳步聲，一群人進到教室裡來。

只見帶頭的，是個中年男子，蓄個小鬍子，雖然臉上已堆滿了歲月的痕跡，卻絲毫不減其自信。

他身穿淡紫色的合身襯衫，敞開最上面的兩顆衣釦，隱約露出一點男性胸毛。下半身配上一條黑色西裝褲，合宜地襯托出其修長的長腿。手腕上一只時尚銀錶，左耳上有三個耳洞，每個洞上各掛著不同樣式的耳環。

眼前這位中年男子儼然就是一個型男的代表，一看到他，我的眼睛便不由得亮了起來，但這並不代表我有斷袖之癖，而是任何令人賞心悅目的事物我都很欣賞。

跟在中年男子身後的幾個人，清一色都是年輕女生，人數有五個。

走在最前面的女生，戴著無框眼鏡，留著一頭俏麗短髮，穿著十分中性，姿色還不錯，而後面其他四個則相貌平平，不值得多加贅述。

「不知道這麼多人進來幹什麼？」我暗自感到納悶。

雙手插在口袋的中年男子，走上講台，先在白板上寫了「鬼塚洋介」大大的四個字後，接著他耍帥地撥了一下額前的瀏海並轉過身來，用性感的嗓音對我們說：「大家好，我是你們的社團指導老師，我叫鬼塚洋介，人稱型男教師的就是我。」

在說這些話的同時，他也跟著換了好幾個帥氣的pose，而站在他身旁的那五個女生，對老師無不投以愛慕的目光，看了就令人生厭。

現在的女生是想帥哥想瘋了嗎？嗯……

我看了看綺綺，幸好她是正常的，我眼中的好女孩，令我又對妳增添了幾分好感啊！

「先讓我仔細瞧瞧入社的成員們有多少。」

洋介老師掃視了一下整間教室後，開心地大聲說：「很好，比我想像中還要多，有三位成員，而且他們的資質不凡，太棒了！歡迎你們。」說完他鼓掌，女生們也跟著鼓掌了起來，被

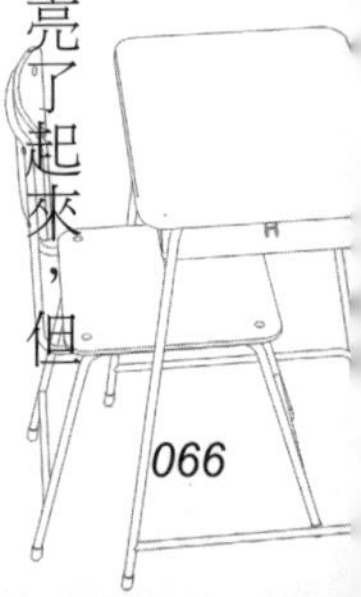

這麼多女生歡迎著，我還真有點不好意思。

睡在牆邊的那位老兄被吵醒了，他打了個呵欠，伸了下懶腰，瞇著眼環顧了一下四周。

在看到有這麼多女生在場的同時，他精神振奮了起來，露出微笑說：「妳們好，我叫罩哥，考試、運動一把罩，很高興認識妳們，現在我們是要進行聯誼玩遊戲嗎？」

「我們現在正在進行新生入社說明會，歡迎你加入我們宅男改造社。」美麗遞了份資料給罩哥。

罩哥掏了掏耳朵，似乎聽不懂似的，又再問一次：「妳剛剛說什麼？」手連接過資料的意願都沒有。

「歡迎你加入我們……」美麗一個字一個字慢慢地說著：「宅男改造社。」

很快，罩哥起身轉頭便走，邊走還邊罵說：「靠，我走錯教室了。那群死沒良心的兔崽子，沒看到我也不會打電話給我，現在八成已經和那票女生不知道跑到哪邊去瘋了。」

「等等，既來之則安之。」洋介老師叫住他，但罩哥頭也不回地繼續走，並說：「我才不要加入這什麼狗屁鳥社呢，掰掰。」

「站住，你想逃嗎？」洋介老師以挑釁的口吻說：「你現在離開一定會後悔一輩子的，逃跑是弱者的表現，而你，就是個弱者。」

看著罩哥僵直的背脊、緊握的拳頭，令我精神緊繃、冷汗直冒，眼看場面一觸即發。

「我最恨別人激我，我逃？哈，笑話，這世上還沒有我罩哥會害怕的事？」

「既然如此，留下，多花個十分鐘在這裡，你會很有收穫的。」

「喔？那我便洗耳恭聽，看看你到底要講些什麼屁話。」說完罩哥便在我斜後方的位置上坐了下來。

我看著罩哥，在與他眼神交會的瞬間，我禮貌性地對他點了個頭。然而他卻不鳥我，一臉不高興地將雙腳抬放在前方的椅子上，接著便不耐煩地催促著：「趕快開始吧。」

洋介老師看著我們，滿意地笑了一下，接著他請女生們各自找個座位坐下後，手拍兩下，投影幕便自動降了下來。

美麗將前兩排的燈光關掉，綺綺則操作著電腦，開啟了簡報。

洋介老師清了清喉嚨說：「我想，開場白我就不再多說了，我們直接進入正題吧。」

這時投影幕上出現了畫面，洋介老師站到一旁開始說明：「首先，我先簡單地介紹一下創社的由來。我相信大家對於宅男應該都不陌生吧？這群生物充斥在我們整個社會上，無孔不入，隨處可見他們的蹤影，以致於出現了所謂的宅男女神，以及宅經濟的市場。」

投影片換了下一張。

「然而，可怕的是，我們本身很有可能就是阿宅中的一員。其實宅並沒有什麼不好，但還是會對我們的某部份造成影響，例如人際關係、身心健康……等。」

此時，罩哥已經不耐煩地邊抖動著他的雙腳，邊不停地摳著鼻孔。而痞子德則是無聊到連連打著呵欠，只有我盡力地聽著，畢竟在心上人面前，一定要保持完好的一面。

換了張投影片後，洋介老師繼續口沫橫飛地說著：「大家都知道現在出生率男多女少吧？這可是一個很嚴重的生存問題，達爾文的物競天擇、適者生存，相信大家必定讀過。我們之中有許多人可能交不到女朋友，可能因此要娶外籍配偶，甚至還可能一輩子淪為光棍，我想你們應該也不願意吧？」

台下一片沉默，沒人回應。

我的視線開始渙散了起來。瞌睡蟲，不要不要，胡搞瞎搞，不要不要，亂我大腦。

「所以，為了讓大家能夠提升自己的競爭能力，進而覓得一段良緣，進行改造是勢在必行的。」洋介老師指著我們繼續說：「你看看你們一個個像什麼樣……懶散、頹廢、吊兒啷噹，有誰會想嫁給你們？要是我是女的，當然是找個帥氣又溫柔的金髮帥哥呀，誰會想要你們？」

女生們齊聲附和：「對呀對呀。」

「知道嚴重性了吧！這小至個人交友生活不管，大的話甚至可能會有亡國危機呀！所以本社創社的目的就是希望能夠拋磚引玉，將你們這些阿宅進行改造，你們有信心嗎？」

「有。」

回答的都是女生，我是沒那個信心，而痞子德和罩哥早就夢周公去了。

「唉……看來要改變你們真是困難重重呀。不過我有信心，在經過我的巧手及用心之下，你們個個都會脫胎換骨、煥然一新的。」洋介老師看著我們繼續說：「既然跟你們說道理你們聽不進去，那我就給你們看個活生生的案例，一個阿宅變身為型男的真實故事，你們一定會有興趣的。」

接著投影片切換到下一張，一張張帥氣的照片陸續出現，我們三個頓時都清醒了。

不是這些照片吸引了我們，而是被女生們那尖銳恐怖的叫聲給吵得受不了，她們只要每看到一張照片就尖叫一次，叫得我們都忍不住摀起耳朵來，實在是相當可怕。

看著投影幕上的照片，忽然覺得照片中的主角還蠻眼熟的。

我想了想，當視線落在洋介老師的那一瞬間，我終於明白，照片上的人不就是他自己嗎？怎麼會有人這麼不知羞恥呀……

洋介老師看著我笑著說：「沒錯，照片中的帥哥就是我，你們一定想不到原來我以前是個阿宅吧！」

痞子德搖頭說：「我不信，我看是你自己胡謅的吧。」

罩哥也說：「對呀，沒圖沒真相，拿出你以前的照片來證明吧。」

「哈，我就知道你們會這麼說，我早就準備好了，但你們可要有心理準備呀。」

我吞了口口水，心裡有點緊張，真好奇洋介老師以前的模樣。

照片換到下一張，只見一個五官依舊是洋介老師，但卻挺著一顆渾圓的啤酒肚。臉上不僅乾燥無光、毛孔粗大，臉頰上的肉也都鬆垮垮的。而兩眼無神、頭髮微禿加上穿著邋遢的模樣，一整個就是給人歷經滄桑的感覺。

我跟痞子德同時驚訝地問：「這是你？」

罩哥則低吼了一句：「胡扯。」

「沒錯，那是二十年前的我，我現在五十五歲。」

我吃驚不已，直比照著照片中的他和他現在的模樣，在我看來照片中的他才比較像是個五十五歲的歐吉桑呢！

這到底怎麼回事？

「你一定是動了什麼手術對不對？」痞子德問。

「嗯，沒錯，我很坦白的承認。」

「咕，還不都是假的。」罩哥一臉不屑。

「呵，雖然是假的，但卻可以讓你們嫉妒，你們看。」

洋介老師瞬間脫去他身上的襯衫，露出結實強壯的身材，不僅該凸的凸，該凹的凹，腹部那結實的六塊肌更是刺眼。

隨著洋介老師不停地擺著一個又一個的 pose，我們接著又看到了二頭肌，以及一堆不知道什麼肌的，突然間就像在看一場肌肉猛男秀一樣。

當洋介老師每擺弄一個 pose，我就心驚肉顫了一下。我舉起手臂，看著手臂上那團鬆垮垮的白斬雞，唉，真是無顏見江東父老呀……

我們三個男的越看頭就垂得越低，而在場的女生們則頻頻猛倒抽著涼氣、尖叫聲連連。她們一邊紅著臉用手假意地遮擋著，一邊卻又從指間的縫隙裡明目張膽地偷看著，然後笑得花枝亂顫、口水亂流，其中還有一位女生在喊了句：「啊……我不行了。」就暈了過去。

呃，有沒有這麼誇張。

我看了綺綺一眼，她一副無動於衷的模樣，看來她才不會被這種肌肉男所誘惑呢，我又有希望了。

突然，罩哥大拍桌子暴吼一句：「妳們這些八婆夠了沒有？」

「罪過，罪過。」洋介老師在看到有女生因他強壯的身材而暈倒時，迅速穿回了襯衫。

大家靜了下來，教室裡突然變得靜悄悄的。

接著，洋介老師緩緩道來：「曾經，我是一個人見人唾棄，走路會撞到電線桿，散步會被狗追的阿宅。我的人生就是泡麵、電腦以及AV女優。」

大家全都望著洋介老師專注地聽著，而我對洋介老師的遭遇則感到心有戚戚焉。

「隨著日子一天天的過去，外貌也跟著越變越宅，尤其到了中年，禿頭、啤酒肚都紛紛向我報到，而女朋友則是在三十五歲以前從來沒有交過。」說著洋介老師嘆了口氣。

我看著洋介老師二十年前的照片，開始警覺到未來的我或許也會變成照片中的那副德性，心中不禁警鈴大作。

「突然，有一天我頓悟了，這樣的人生不是我想要的，我應該要活得燦爛，過得更美好才對。於是我決定改變，我要女朋友，我不要再當宅男了，我要我的生活多采多姿。接著便開始著手進行改造，改造的過程很辛苦，但是結果就是你們現在看到的這樣。」說完洋介老師揚起雙手，原地轉了一圈讓我們瞧個仔細。

我不得不佩服，改造得實在是相當的成功，也很完美。我的內心不禁開始動搖，我也可以變成這樣嗎？

「洋介老師你好帥，我們愛你。」那五個女生突然異口同聲地大喊。我們三個目露凶光地瞪著那幾個花痴女，並用眼神將她們給來回殺了數百回，而她們卻渾然不知，依舊自顧自地沉醉在粉紅色的泡泡中。

洋介老師看著我們笑著說：「現在你們不用羨慕我，我敢跟你們打賭，一年後的你們也可以變得跟我一樣，你們信不信？」

「真的？」我眼睛一亮。

洋介老師帥氣地拍了拍自己的胸脯，並對我們豎起大拇指，表示包在他身上。

「但是……我沒有錢啦！如果要變成跟你一樣，那不是要進行很多的手術？」痞子德皺了皺眉。

「別叫我開刀進手術房喔，否則我一定先打死那個醫生。」罩哥捏緊了拳頭，一副想揍人的模樣。

洋介老師見我們似乎都開竅了，他高興地說：「放心，不會讓你們動手術的啦！你們現在還年輕，年輕就是本錢，再加上你們的外貌並沒有說糟到一個不行，所以……安啦！我才不是要教你們這個哩！」

「那不然你要如何將我們改造成像你那樣？也就是……型男。」我沒自信地越說越小聲，說完還瞄了大家一眼，不知道大家會不會笑我癡心妄想？

但是出乎意料，現場沒有一個人笑我。

「沒錯，我就是要把你們改造成型男，你說的很對，不用怕。」洋介老師為我打了一劑強心針。

「一毛錢也不用花？」果然痞子德只關心錢的問題。

「放心，由於你們是本社創社的第一批學生，為了建立起良好口碑，以吸引更多社員加入，所以你們不用花一毛錢，我就會將我的畢生所學傾囊相授，讚吧！」

痞子德笑開懷說：「酷喔，我喜歡。」

罩哥問：「那你究竟要教我們什麼？如何改造？」

洋介老師對罩哥豎起大拇指，讚賞地看著他說：「這個問題問得很好，我鑽研如何變身為型男鑽研了二十年，我要教你們如何讓女生對你留下好印象、與女生們說話溝通的技巧、如何打動芳心讓她們對你服服貼貼、唯命是從……等，怎麼樣？心動了吧？」

罩哥大笑一聲說：「哈，那就是教我們如何把妹咩，講得那麼文謅謅的。」

洋介老師說：「如果你要粗俗一點說的話，那就是教你們如何把妹。但是我們宅男改造社可是有個崇高的理想，不但是要造福各位阿宅朋友們，更是為了國家的未來著想……」

罩哥揮了揮手，不耐煩地打斷：「好啦好啦，別再囉嗦了，一句話，我加入。」說完他起身面對著我們，並伸直他的右手，掌心朝下，然後他看著我跟痞子德問：「你們呢？」

「不用花錢的把妹技巧，不上白不上，安姆硬。」痞子德也起身，將右手疊放在罩哥的手背上。

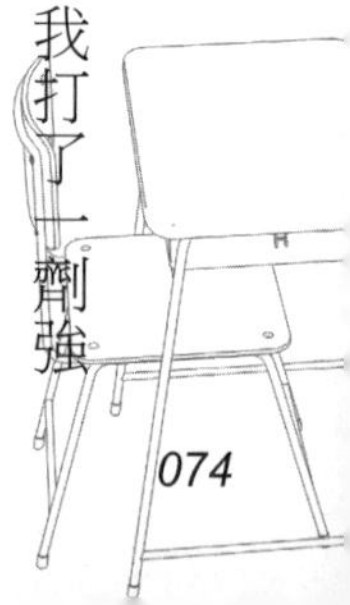

「安姆硬是啥？」我好奇地問。

「幹，真是有夠笨的你。安姆硬，I am in，我加入啦。」

「奇怪，是這樣說的嗎？」我狐疑。

「隨便啦，你到底要不要加入？我們手很痠耶。」痞子德催促著。

我趕緊起身將右手也疊了上去：「嗯，我也硬啦。」說完我轉頭看向綺綺，只見她正好也看著我，頓時我笑得像個傻瓜。當他們兩個都將手收回時，我還因此而重心不穩，導致身體往前栽。

我穩住身子，抬頭又看著綺綺不好意思地笑了笑。其實變不變成型男，我一點也不在乎，只要能夠接近綺綺，我就很開心了。

正當我還看著綺綺兀自傻笑時，一雙大手在我眼前揮了揮，洋介老師說：「喂，回神呀你。」

「喔，現……現在怎麼了？」

我回過神來看著其他人，只見痞子德正撇頭竊笑著，而罩哥則不客氣地調侃我：「你是沒見過女人喔？」

「我……」

當我尷尬地不知道該怎麼解釋時，洋介老師清了清喉嚨大聲說：「既然三位都已經決定要加入了，為了表示你們的決心，我們就來滴血立誓吧！」

「這是三小？」罩哥臉色丕變。

「滴血立誓你沒聽過嗎？」洋介老師反問。

「何必呢？我們都決定要加入了，幹嘛還要搞這一套？是怕我們食言不來嗎？」痞子德皺起了眉頭。

「對呀，這也未免太小題大作了吧。」我說。

「為了表示你們的決心，這一點也不算什麼，我先示範給你們看，拿來。」

一個綁馬尾的女生拿了一個米白色瓷碗與美工刀遞給了洋介老師，我們大家都向前圍了過去。

只見洋介老師將磁碗放在桌上，接著他緩緩地高舉起美工刀，而美工刀的刀鋒也在這時閃爍了一下銳利的光芒，接著……

唰——

不到一秒的時間，在他左手食指上立即浮現出一條紅痕，接著從紅痕中滲出鮮血，一滴滴緩緩落入瓷碗中。

洋介老師眉頭皺也不皺一下，如此阿薩力的作風，簡直就像是日本武士道精神一樣，只不過由原本的武士刀變成了可笑的美工刀。

我們三個被眼前的景象給震懾，當場傻住。

圍在老師身後的那五個女生簡直像瘋了一樣，她們無不露出敬佩仰慕的神情，不斷喃喃低語著：「哇啊！真男人。」

真男人？這樣叫做真男人？真是狗屁。

邊在滴血的同時，洋介老師邊激動地說：「我，鬼塚洋介，今天在此滴血立誓。我一定會將你們三個改造成功，並成功地將宅男改造社發揚光大，否則我出門會被車撞死，吞口水被口水噎死，放屁會被自己的屁給臭死。」

呃……有必要玩這麼大嗎？

我轉頭看向綺綺，只見她蹙起了眉頭，一臉憂心忡忡的模樣。

不久，她便拿著消毒藥水及ok繃過來替洋介老師包紮傷口，真是細心體貼，不愧是我喜歡的女生。

「快點呀！換你們了。」

在老師的娘子軍團不斷地催促慫恿下，我們三個直瞪著瓷碗中的鮮血久久不語。

此刻他們兩個的想法一定都和我一樣，那就是……遇到一群瘋子。

「呵呵呵……」

在驚嚇過度之餘，我們三個首先發出一連串的傻笑。

洋介老師將美工刀遞給了一旁最近的罩哥。

罩哥瞟了美工刀一眼，接也沒接，轉身就走，邊走還邊說：「神經病呀你們，不玩了，我要走了。」

「怎麼？你不敢呀？」洋介老師挑了挑眉。

罩哥停住腳步，兩手拳頭緊握，轉過身的同時舉起右手伸出食指，生氣地說：「我說過不要激我，我不是不敢，而是不想陪你們這群瘋子在那邊瘋，無聊！滴什麼血？自以為是桃園三結義喔！」說完罩哥又繼續往教室後門走近了幾步，然而這時卻被老師的娘子軍團給包圍住。

罩哥瞪著帶頭的短頭髮女生說：「滾開，不要擋老子的路，你們這群八婆。」

那五個女生聽到，個個雙手插腰、柳眉倒豎、滿臉怒容地對罩哥輪番嗆聲：「你在說誰呀？你這個豬頭。」

「連滴幾滴血你都不敢，有沒有種呀你？男人的臉都被你丟光了。」

「對呀，孬種。」

「我看……是夾著尾巴落荒而逃的小狗吧，哈哈。」

「妳們這幾個三八……」

罩哥的拳頭握得死緊，額上青筋暴露，眼神像快要噴火似的。

那五個女生看到罩哥這樣十分得意，不斷火上加油繼續嗆聲：「怎樣？不爽喔？」

「像你這種會罵女生的男人，沒品！」

「洋介老師好心要改造你們，你居然還不領情，你才是神經病呢。」

「唉……朽木不可雕也，我看你連朽木都當不成，充其量只是個白目。」

罩哥終於爆發了，他對著她們咆哮：「不想跟妳們吵，妳們這幾個八婆還更囂張了，現在是想怎樣？」

「怎樣？」

「怎樣呀？」

眼看後面越吵越兇，幾乎快打了起來，這時綺綺和美麗趕緊上前勸合。

就在後面亂成一團的同時，洋介老師將美工刀遞給了痞子德。

痞子德眉頭深鎖，一臉愁雲慘霧地說：「呃……這個……這個我吼……我必須要先回家問我阿母才行啦。因為身體髮膚，受之父母，不敢毀傷，孝之始也，所以……不好意思啦！」

厲害！連孝經都可以在這時搬出來用，真是懂得靈活運用呀。

洋介老師聽完痞子德的答案後嘆了口氣，接著將美工刀遞到我眼前。

我先是嚇了一跳，接著吞吞吐吐地說：「不……不行啦……我那個……我最怕流血了，光是摳鼻孔流鼻血，我就會嚇得驚慌失措，所以……所以……」這個理由半真半假。

這時，後面的衝突越演越烈，整間教室都快被他們給吵翻了。

洋介老師在聽完我的答案後，搖了搖頭並用手揉擰了下眉心，看來似乎很失望的模樣。接著他突然大拍了一下桌子，瓷碗被桌子震得彈飛了起來，隔了三秒才落回了桌上。

教室裡頓時靜了下來，所有人紛紛轉過頭來望著洋介老師。

「如果我說滴血立誓是加入社團前所必須，你們還會加入嗎？」洋介老師面無表情地說。

「這個嘛……」

我看了看身旁的痞子德，而痞子德則轉頭看向後方的罩哥。

罩哥立刻斷然地說：「不奉陪，謝謝再聯絡。」當他轉身又想離開時，那群女生還是依舊擋在他前方，不讓他通過。

痞子德也跟著說：「我也不入社了。」

洋介老師轉頭問我：「那你呢？」

我看了綺綺一眼，心有愧疚，囁嚅地說：「我……我也不加入了……」

對不起啦，綺綺，雖然我很想再多接近妳一些，但這並不代表我必須要先自殘才行。

我的話才剛說完，那五個女生立刻將炮火對準我們猛烈攻擊：

「你們這群俗辣（台語）。」

「剛剛才答應說好要入社的，現在馬上又變卦，你們真的很糟耶！」

「對呀，大騙子。」

「想窩回去繼續當阿宅隨便你們啦！蠢蛋。」

在一陣炮火四射的攻擊下，洋介老師舉起了右手，伸出食指放在唇前，綺綺馬上對她們說：「妳們安靜一下，洋介老師有話要說。」

洋介老師放下手，重嘆了一口氣，接著才緩緩說：「想不到你們的決心這麼薄弱……好吧，你們不想加入的話，我也不勉強。不過希望你們能參加明天中午的殘酷舞台考驗，如果在接受完考驗後，你們還是想走的話，我也無話可說……」

痞子德插話：「等等，入不入社是我們的自由，為什麼我們還要接受什麼考驗不可？」

洋介老師說：「那如果我說，明天的考驗結束後，你們還是不願意入社的話，我不但不勉

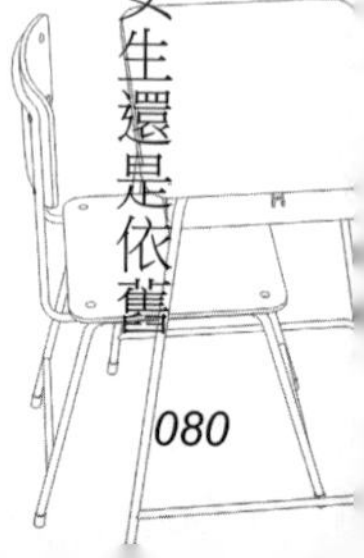

強你們，相反的我還會請你們吃一頓大餐，你覺得怎麼樣？」

聽到有人要請吃大餐，痞子德的雙眼登時亮了起來，他笑說：「到到到，明天我一定會到，有人要請吃飯，我一定會參加的。」

罩哥則在後頭冷冷地說：「該不會有詐吧？什麼是殘酷舞台？」

洋介老師挑眉說：「怎麼？你又怕了呀？」那幾個女生又露出了輕蔑的神情。

罩哥在三番兩次被這樣激後，他簡潔地說：「一句話，明天見。」然後便頭也不回地離開了教室，而老師的娘子軍團這次不再加以阻攔。

在罩哥踏出教室前，洋介老師大聲地對他叮囑：「明天中午十二點半，馬德里廣場，不見不散。」

罩哥並沒有任何回應，很快就消失在我們眼前。

最後，洋介老師問我：「你的決定呢？」

「我呀……」

在眾人的注視下，我不由得將頭垂得低低的，心裡一直猶豫著到底該不該參加。

這時不知道什麼時候，綺綺突然出現在我的面前，她笑臉盈盈地問我說：「你明天會來的，對吧？」

「對……」很順口的，我立即就說出了這個答案。

聽見我的答案，綺綺笑得更加燦爛，她說：「那麼明天見，我等你來喔。」

「喔……好。」

然後我跟痞子德就被送離了教室，也回到了宿舍，當我驚覺自己答應這件事時，已經為時已晚。

唉……我也未免太沒骨氣了吧。

＊＊＊

仰躺在宿舍床上，瞪著天花板，我問痞子德：「喂，你猜明天的殘酷舞台要做什麼？」

痞子德趴在床上看著漫畫，漫不經心地回答我：「啊知。」

殘酷舞台呀……聽起來就很殘酷，至於有多殘酷，這我就不得而知了，現在只能走一步算一步嚕。

希望明天最好下大雨……

望著窗外朦朧的月色，不知不覺間，我已甜甜地進入了夢鄉。在睡夢中，還夢見綺綺在對著我微微笑……

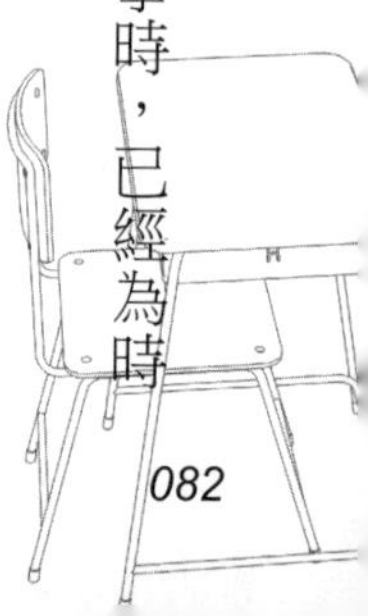

第四章

事與願違，隔天中午不但沒有下雨，反而還萬里無雲、艷陽高照。

下課鐘響後，我將書本隨手往背包裡一塞，趕緊前往馬德里廣場。

正值尖峰時刻，人潮洶湧，好不容易趕到了馬德里廣場，我在廣場中左顧右盼，尋找著綺綺他們的身影。

「喂，我們在這裡。」

人未見聲先到，我聽到了洋介老師的叫喚。

順著聲音傳來的方向一看，萬紅叢中一點綠，我看見人群中人高馬大的洋介老師，他身邊圍著的又是那群忠心的娘子軍團。而綺綺也站在老師的身旁，正對著我揮手微笑。

我的身體就像磁鐵一樣，立刻被吸附了過去，走起路來輕飄飄的。

一走近，才發現罩哥及痞子德已經到了現場，痞子德還對我說：「我以為你不來了哩。」

「渴了吧，先喝點水。」綺綺遞了杯水給我。

「喔……謝……謝謝。」

我真是受寵若驚，但在看到痞子德及罩哥手中也有一杯水時，我有點小小的失落，原來不是只有對我一個人好呀……

我一口氣將水喝完，接著看了看周圍。

只見這裡臨時搭建了一個小台子，儼然成為一個小舞台，但卻是很陽春的那一種。這時的洋介老師手上正拿著一支大聲公，綺綺一手握著一台DV攝影機，另一手則抓著一支無線麥克風，而美麗則兩手藏在身後，神祕兮兮地不知道手上有些什麼。

這是要做什麼？我心中隱約覺得不太對勁。

洋介老師對美麗使了個眼神說：「美麗，妳把東西拿給他們。」

「噗……」罩哥嗆到噴出一口水，他以嘲諷的眼神打量著美麗說：「什麼？你叫她什麼？美麗？哈，如果她美麗的話，那我不就是英俊。」

罩哥並不知道綺綺與美麗的名字，因為當時他人正在睡覺。

老師的娘子軍團一副受不了的模樣，又開始跟罩哥槓上：

「拜託，美麗姐的名字就叫做江美麗，不然你是想怎樣？」

「對呀，不然你是想怎樣？」

「你還真是膚淺呀，哼！」

「叫你英俊？我呸！豬八戒也不去照照鏡子。」

他們還真是愛吵架，眼看罩哥氣得又想罵人，美麗已經站出來講話：「你們別吵了，我是不美麗沒錯，他說的是事實。」

「妳們看吧。」罩哥得意地揚起了下巴，以睥睨的眼神看著那五個女生。

「但是……」美麗看著罩哥說：「美不美麗並不是只有看外貌，我想內心的美麗才是真美麗，你說是吧？」

罩哥面紅耳赤，一語不發，看來他是自認說錯話了。

接著，美麗將她藏在背後的雙手往前一伸，拿出了三樣東西。

是……三頂面具。

我揉了揉眼睛，沒錯吧？

對呀，是三頂面具，而這三頂面具分別是皮卡丘、海綿寶寶以及小叮噹。

「選一個，趁沒人注意到你們時，趕緊戴在臉上。」美麗說。

我們三個相視苦笑，這是要惡整人嗎？看來一定是，慘了！

突然罩哥一把就拿走了小叮噹面具，痞子德也抓走了皮卡丘，而我只能選擇剩下的海綿寶寶。

我們三個人的臉就像大便一樣，不過還是硬著頭皮將面具給戴上。

「戴好喔，戴好的話就準備上台了。」洋介老師一臉開心。

我心驚，上台？真是丟臉死了。

在準備上台前，我小聲地問痞子德：「我可不可以和你交換面具？」

「才不要。」

哼，小氣。

我開始緊張了起來，這輩子我都還沒有像今天這樣，這麼出風頭。

一想到等會兒所有人的目光都會盯在我身上，我就不由得全身冒汗，直到看到綺綺美麗的笑靨，我才勉強吃了一顆定心丸振作了些。

呼……能搏得心上人一笑也好，我豁出去了。

我們三個才一站到台上，就引起路人側目，大家頻頻交頭接耳、議論紛紛，我想我大概明白什麼是殘酷舞台了，唉……

殘酷的時刻開始了。

美麗接過綺綺手上的DV攝影機，開始進行攝影。

洋介老師則拿著大聲公站上了舞台，開始吆喝：「各位親愛的同學們，照過來照過來。我是人稱型男教師的鬼塚洋介，耽誤大家吃飯的時間，我很抱歉，但我希望各位同學們能幫老師我一個忙。如果大家有興趣，願意幫老師我的話，那麼請大家靠過來站近一點。」

沒多久，就有許多湊熱鬧的觀眾靠了過來，大家都好奇地對著台上的我們指指點點。

天呀！我真恨不得立刻有個地洞可以鑽進去。

在看見有那麼多熱情的觀眾願意幫忙後，洋介老師高興地說：「謝謝各位帥哥美女們的幫忙，但是呢，主要希望女生們能夠往前多站一點，因為這樣我才更能親近妳們……喔，不對，是需要妳們的幫忙。」話才一說完，許多覬覦老師美色的女生，都紛紛往前擠近了些。

看著台下的女生們有高有瘦，有矮有胖，有美若天仙的，也有平凡無奇的。我的雙腿這時開始不爭氣地抖了起來。

怎麼辦？

這下我可能不但話都說不清，甚至連一個字都說不出來了。

我看向一旁的痞子德和罩哥，只見罩哥站著三七步，雙手插口袋，仍舊一副吊兒啷噹、天

不怕地不怕的模樣。

痞子德則駝著背，不停地搓揉著雙手，似乎也很緊張。而台下的綺綺和美麗早已淹沒在人群中，不知道跑哪去了？

「很好，有這麼多美女們願意幫忙是我的榮幸。如果待會大家踴躍參與的話，活動結束後大家可以找我簽名，甚至拍照，我絕對會讓妳們不枉此行，大飽眼福一番。」洋介老師曖昧地說著，並不時對台下女生們放電，只見她們被電得暈頭轉向，只會一個勁地猛點頭。

「好，廢話我就不再多說，相信大家都看到我身旁的這三位男性了吧？」說著洋介老師也由舞台中央往旁退了去，好讓大家仔仔細細、上上下下地看清楚我們。

我有種被視覺強暴的感覺，很不舒服。

就這樣被看了兩分鐘，我都不知道連吞了多少個口水，差點都快把自己給噎死了，這時洋介老師才繼續說：「沒錯，今天的主角就是這三位。我希望各位女同學們能說出對他們的第一印象，希望大家踴躍發言，以女生為主，如果有男生想回答也可以，但我們還是以女生為優先。回答過程中，我希望大家千千萬萬不要客氣，請不留情面痛快地回答，切勿心軟或是婦人之仁，這樣可以嗎？」

「可以。」

大家異口同聲地大聲回答，看來似乎受到了熱烈迴響。

原來呀，原來是要讓大家說出對我們的第一印象，或許是怕我們心靈會受到創傷，所以才要戴上面具吧！

我還以為是什麼呢，不過就是大家一些尖酸刻薄的話語，但是……

我低頭看了看我今天的穿著。

身上這件T恤我穿了五年，都已經穿到從白色變成了米黃色。牛仔褲破破舊舊的，膝蓋前的破洞原本是為了造型，如今卻越破越大洞，看起來就像個乞丐。

黑掉的白色帆布鞋當成拖鞋來穿，左邊後腳跟露出來的白色襪子還破了一個大洞，手錶老舊，夜市牌背包，頭髮……出門前我記得我還有梳整齊的，因為知道今天會見到綺綺咩！但我想我現在的頭髮一定又是亂七八糟，因為我上堂課不小心睡得太高興，剛來時又忘了先照一下鏡子……

唉……慘，幹嘛不早說，這樣我至少還可以穿戴整齊一點。

雖然我不是很在乎其他人對我的看法，但我卻很在乎我在綺綺心目中的形象。

這時，罩哥突然從褲子後面的口袋裡掏出了一把梳子，準備梳理自己頭上的一堆雜毛。

想不到罩哥居然還會隨身攜帶把梳子，我的眼珠子都快掉了出來。

「你犯規。」

梳子一把就被老師的娘子軍團給搶走。

罩哥伸手欲將被搶走的梳子給搶回來，但卻被洋介老師所阻止。

「對，你犯規。」洋介老師對罩哥說完後，接著對我們三個大聲說明：「台上的三位同學，你們必須維持現狀，因為這才是你們的原始面貌，所以你們的手不能亂動，試圖想改變現

在的外觀。不過即使你們想改變，現在也已經來不及了，因為你們的第一印象早已經決定好了。」

我們三個不出聲，也不再有任何動作。

洋介老師見我們似乎聽明白了，便點了個頭繼續說：「那麼，我們首先就從我們的第一位——小叮噹出場。」說著便拉著罩哥的手臂，讓他往前前進了幾步，罩哥不情願地走到了舞台中央。

「來來來，有哪位同學要率先發言？」

「我我我……」

絡繹不絕、此起彼落的聲音從四面八方湧來，大家似乎有很多意見呀。

洋介老師點了一個站在我前方不遠處的高個子美女，綺綺立刻將無線麥克風遞給她，只見她因搶得頭香而興奮異常。

她抓起麥克風便說：「他呀，又矮又胖，肚子圓滾滾的，就像小叮噹一樣。而且頭又大，面具簡直都快遮不住他整張臉了，不過這也是他的優點，下雨天他就不用愁啦，因為……」

她隔壁矮她一個頭的女生跟著她一起喊：「大頭大頭，下雨不愁，你有雨傘，我有大頭。」

說完全場歡聲雷動，大家頻頻鼓掌叫好。

洋介老師也跟著哈哈大笑，我一點也不覺得好笑，真不知道大家的笑點在哪？我反而同情罩哥，面具底下的他一定氣翻了。

只見罩哥拳頭緊握渾身發顫，他指著那位高個子美女吼說：「媽的，聽妳在放屁！我矮？我胖？我身高一七七，體重七十，這樣叫矮？叫胖？妳眼睛瞎了是不是？」

高個子美女回嗆：「比我矮就是矮，肚子那坨肥肉就是胖的證據，還要硬拗。」

「對呀，你不僅講話沒氣質、沒禮貌，而且脾氣還差得很。外表一副吊兒啷噹的模樣，站也沒站樣，看起來就是個沒擔當的男人。」高個子旁的矮個子女生把麥克風搶過去說了一大串。

「妳這個矮冬瓜，妳有資格說我，妳自己又長得怎樣？醜八怪一個。」罩哥指著矮個子女生大罵。

矮個子女生聽完難過得掉下了眼淚，轉身依偎在高個子女生懷裡哭了起來，高個子女生一邊拍著她的背安撫情緒，一邊轉頭怒罵罩哥：「你看你，你把她弄哭了，我要你立刻跟她道歉。」

「媽啦，我才回她一句而已她就哭，有沒有搞錯呀？」罩哥的話才一說完，立即引起群眾反彈。頓時，他成了眾矢之的，大家紛紛指著他大罵：

「人渣。」

「無恥。」

「你丟盡了我們男人的臉。」

「對呀，垃圾。」

「你不配生存在這個世界上。」

………………

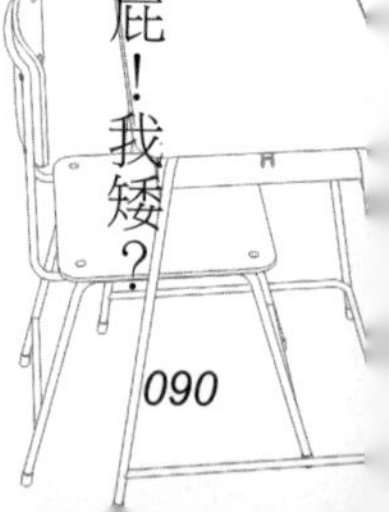

現在大家是怎樣？不僅亂罵一通，一些骯髒的字眼也跟著紛紛出籠，有的甚至連祖宗八代都請了出來。

我看有些人根本就是來發洩情緒而已吧，那不會上批踢踢的黑特版去大吐苦水喔，可憐的罩哥，儼然成為了大家的箭靶。而洋介老師只在一旁看著好戲，完全任由民眾謾罵。

被大家亂罵一通後，罩哥應該氣到了一個頂點，看他的頭頂上都快冒煙了，離他那麼遠都能感受到他那股怒火。

這時，冷不防一顆雞蛋飛擲而來，直接命中罩哥的額頭。隨著蛋殼的破裂，黏稠的蛋液沿著小叮噹面具流了下來。

我看到這一幕簡直嚇呆了，是哪個渾蛋呀？

往台下一看，只見老師的娘子軍團正各提著一籃雞蛋及垃圾，在台下熱情地發送著。

隨著第一顆飛擲而來的雞蛋，接著馬上有更多的雞蛋、垃圾飛擲而至，有人甚至連手上未喝完的飲料都扔了過來。

我跟痞子德為了避免遭受波及，早就各自向後退了好幾步。

等我再度看向罩哥時，他整個人可說是慘不忍睹，叫他阿爸阿母來認可能也認不出來。

罩哥抹了抹身上的穢物，轉身想走，但立即被洋介老師給拉住。

罩哥大力推開他，想甩開洋介老師的手，但怎麼甩也甩不掉。

後來洋介老師附在罩哥耳邊不知道說了些什麼，隔了許久罩哥才默默地回到了舞台中央。

洋介老師對台下同學說：「好了，大家不要生氣了。他不是故意的，我代他向這位可愛的小女生道歉。」說完對著兩眼哭得紅腫的矮個子女生笑了笑，很快地，矮個子女生就被電得茫酥酥，早把剛剛的不愉快給忘得一乾二淨，恢復到原本生龍活虎的模樣。

接著，洋介老師以嚴肅的口吻說：「現在我再加強說明一下遊戲規則好了，台下同學請盡量不要做人身攻擊，以及沒有根據的謾罵。如果要罵可以，至少要有個前因後果。而台上的人請保持冷靜，靜靜地聽完大家所說的話，不可以辱罵他人，如果想要反駁，也請等大家都說完後再說。否則再這樣下去，我們可能等到天黑都沒辦法結束，大家這樣可以嗎？」

洋介老師看了看我們，又看了看台下，大家都默默地點頭表示應允。

罩哥往後退了幾步，洋介老師接著拉著痞子德的手往台前走，臨走前痞子德還轉頭和我互換了一個眼神，我知道他在想什麼，但我只能送他兩個字——保重。

「接下來，換皮卡丘上場，請大家多多發言。」

痞子德到了台前後，下面的人便將對罩哥殘餘的怒火給發洩在他身上，發言的人可說是前仆後繼，說得欲罷不能呀！

有人說：

「請問你的髮型是哪個年代的啊？」

「老土。」

「噁，指甲都不剪，好髒呀你。」

「沒衛生。」
「請問你知不知道什麼叫做抬頭挺胸？」
「看起來像個縮頭烏龜一樣。」

……

雖然大家的話並沒有像罩哥那樣進行人格抹滅，但每句話仍舊是相當犀利，不容小覷。

過程中，痞子德一動也不動，不過我感覺的出來他很沮喪，因為他的頭越垂越低。最後，等大家都說得差不多了，洋介老師問痞子德：「你有什麼話想說嗎？」

等了許久，痞子德都沒有反應。

接著，一滴晶瑩的淚滴自面具底下滑落至地面，我愣了三秒，心想：「不會吧，他看起來不像是那種會流眼淚的人呀，怎麼……怎麼會……」

許久，痞子德的聲音才由面具底下傳出，他顫聲道：「我……我不知道原來……原來我……我是這麼……這麼地糟糕……」然後他就再也說不下去了。

看著一個大男人在台上啜泣實在是挺怪的，一時間現場鴉雀無聲，四周靜悄悄的。

洋介老師拍了拍痞子德的背，試圖給他一點安慰。

痞子德吸了吸鼻，稍稍平撫了一下情緒後，接著才緩緩說：「我直到今天，才知道我在別人眼中原來是如此的糟糕……我很感謝大家，讓我在今天重新認識了我自己，也讓我明白原來以前的我是多麼的無知，多麼的自以為……哈，大家別客氣，雞蛋想砸過來就砸吧。砸掉我的無知，砸掉我的高傲……」

聽完痞子德的一席話，著實令我感到動容。沒想到今天的這件事，居然可以讓他有這番體悟，也讓我明白了洋介老師對我們的用心。

我們常常用我們自以為的方式在生活著，我想怎麼穿就怎麼穿，想做什麼就做什麼，套一句俗話來說就是「只要是我喜歡有什麼不可以」。

正因為如此，我們不在乎別人的觀感，隨心所欲，甚至到達目中無人的境界。我們從來不知道在別人眼中的我們是什麼模樣，因為不在乎，所以也不想知道，還自以為自己很帥、很屌、瀟灑不羈，然而今天的安排，雖然殘酷，但卻真實。

有時候我們人與人之間，常會因為客氣或不好意思，而將對對方的真實想法給埋藏在心裡面，例如明明我很胖，但是卻說不會呀。真正會說出你缺點的朋友不多，而知道你缺點因而討厭你的朋友早就默默地離你遠遠的，你永遠不知道為什麼討人厭，因為不知道也無從改進，進而繼續重蹈覆轍，落入永無止盡的深淵……

正當我還在思考的同時，痞子德已經被大家給砸得七葷八素，結束時，幾乎是被用抬的給抬到了一旁。

然後，不知不覺間，惡魔的輪盤已經轉到了我。

我愣愣地被洋介老師給拉到了台前，我的心臟噗通噗通地劇烈跳著，雙腿更是抖得厲害。

我不是擔心大家對我有怎樣的看法，因為我就是那種對大家看法無所謂的人，大家對我的批評，我應該是不痛不癢的，不過在喜歡的女生面前例外。

我之所以緊張，是因為大家都看著我，讓我覺得很害羞，尤其綺綺也在台下看著。

「最後是海綿寶寶上場，剩最後的機會了，還沒發言的，請大家趕快把握機會。」

很快，一位矮矮胖胖，中長髮隨意地用個鯊魚夾夾在腦後勺上，站在第三排的女生舉手回答：「你家是不是很窮啊？連衣服都買不起，還是你想學犀利哥呀？哼，我看你想學也學不起。」

我心想：「這位大嬸，您哪位呀？沒事不去菜市場買菜，跑來湊什麼熱鬧？我窮？節儉持家好男人沒看過喔。」

「你是掉到水溝裡是吧？一雙白色布鞋被你穿成這樣，有沒有在洗呀你？而且鞋子不是這樣穿的好不好。」一個長的還不賴，但聲音卻很man的女生說。

「白色我穿膩了，把它染成黑色是不行喔，我愛怎樣穿關妳屁事，囉哩囉唆。」我在心裡嗤之以鼻。

「你的頭髮還真好笑。」

「包包好醜。」

「沒品味。」

…………

後來，聽著聽著，我開始恍神起來。

她們的話從我左耳進入，很快在我大腦內轉了一圈，接著便從右耳迅速飛出。

我想洋介老師想對我使出這招，肯定是要失敗的，因為她們一講完，我就全忘光了。

當我回過神來時，只聽見洋介老師在做最後的詢問：「還有沒有人要發言的？」

大家你看我，我看你，似乎沒有人想再繼續發言。

我鬆了口氣，平安過關，不像痞子德，這些殺傷力的話語，對我完全不具影響性，我的小小心靈，絲毫未受到任何損害。

正當我沾沾自喜時，底下突然有個女生爆出一連串笑聲。

站在我面前的一個辮子頭女生，她正指著我不停地哈哈大笑，大家都好奇地看著她。

洋介老師問：「這位可愛的辮子姑娘，妳怎麼啦？什麼事這麼好笑？」

她笑到整個人蹲在地上，邊岔氣邊問我：「你今天穿紅色內褲是吧？」

我心裡一驚，都忘了規則，連忙問她：「妳怎麼知道？」然後順勢低頭看了看我的褲子，這才發現，我的石門水庫居然忘了關！

天啊！這下糗大了！

全場爆笑了起來，我窘迫得立刻要將拉鍊給拉上，但是辮子頭女生卻在這時說：「等等，你不能這樣做。」

靠，我要拉我的拉鍊也不行！是怎樣？

辮子頭女生問洋介老師：「老師，你不是說台上的人不可以做任何改變嗎？」洋介老師點頭，她接著對我說：「所以，你不可以將拉鍊拉上，必須要等活動結束才行。」

還沒聽完，我整張臉都綠掉了，好死不死，我的目光正好對到綺綺，她正摀嘴偷笑著。我的內心真是愁雲慘霧，我居然在我喜歡的女生面前這麼丟臉……

嗚嗚……

我連忙將拉鍊拉上，去他什麼規則。

瞪著眼前這個女生，我心中一把火在燒。

誰要妳站在我前面的？誰要妳視力這麼好？

別人都沒發現偏偏妳會發現，妳說妳，妳這個色女，妳是不是盯著我那觀察了很久？下流。

辮子頭女生調侃說：「喔，有人好像生氣了。」

我氣，氣到腸子都打結了，但我的嘴巴就是擠不出半個字眼。

「好了好了，別吵了。」

洋介老師連忙出面緩和氣氛，轉頭對辮子頭女生說：「妳就放過他吧，他已經很丟臉了，男性的尊嚴都被他丟光了。」說完全場又大笑了起來。

這時的我真不知該哭還是該笑。

「你有話想說或想反駁什麼嗎？」洋介老師站到我身旁問。

「我……我……我……」

我的確有想抱怨一下，替自己爭回一點顏面，但是我馬上嘆了口氣，搖搖頭說：「沒有。」

我還真是個容易放棄的人呀，突然間覺得自己很窩囊，一顆頭也跟著垂了下來。

大家紛紛丟來的雞蛋、垃圾，我一點感覺也沒有，心裡很想哭，但是卻哭不出來。

眼看大家都丟得差不多了，洋介老師回到了舞台中央，我們三個則一身臭味、木然地站在一旁。

「感謝大家的踴躍發言，您寶貴的『賤』言，將是他們三位未來成長的動力，我代替他們三位謝謝大家，謝謝。」

洋介老師帥氣地深深一鞠躬後，繼續說：「最後，我想問大家一個問題，底下的女同學們，妳們願意和台上的三位交往嗎？」

「no。」

「乾脆讓我一頭撞死算了。」

「何必自貶身價呢？」

緊接著，底下噓聲不斷，甚至有人還露出一臉想吐的表情。

洋介老師又問：「那麼妳們想跟我交往嗎？」

「我願意。」

「老師，娶我吧。」

「讓我們共譜『魔男的條件』吧。」

底下尖叫聲不斷，女同學簡直high翻天。

洋介老師接著又重複問了幾次，當他的手一指到我們，台下就是一連串的噓聲，一指到他自己，便尖叫聲連連。

我看老師似乎自己玩得很爽，可憐的我們完全淪為他玩弄的工具。

我的目光飄渺，聽著台下忽而高起，忽而低落的聲音，完全無動於衷。

最後，怎麼結束的我也不知道。

人群散了，下了台，我們被帶到一個隱密的小房間，裡面有裝著清水的小臉盆，我們三個被人給拆下面具後，一臉呆滯。

「你沒事吧？」

一個熟悉甜美的聲音傳來，接著我感覺到有人正用濕毛巾輕輕擦拭著我的臉頰。

在看到綺綺的那一剎那，我的神智立刻清醒了過來，我緊張地說：「我……我沒……沒事。」

「你看起來氣色似乎不太好。你別生氣，洋介老師他這個人就是這樣，他不是存心想讓你們難看的。其實他真的很想幫助你們，雖然他的做法是有點 over。」

綺綺認真地解釋：「當初老師打算這麼做的時候，我曾大力反對，但是老師說如果不這麼做的話，你們是不會痛下決心的，所以……」

綺綺果然是個心地善良的好女孩，我也不想怪罪誰或抱怨什麼。

現在的我只希望綺綺腦海中，那一幕我拉鍊沒拉的畫面能夠洗掉，這樣一來我就能恢復正常了。

「我……那個……剛剛……拉鍊……」

我話還沒說完，綺綺便接口說：「你說你拉鍊沒拉，露出紅色內褲的事呀？」

我一臉尷尬，綺綺則馬上安慰我說：「別難過了，忘記拉拉鍊又不是什麼大不了的事，放心，我不會說出去你是誰的。」

「……」

唉……我沮喪得頭都快抬不起來了。

簡單地擦拭過後，身上依舊殘留著蛋味及其他氣味的混合。

等等我一定要先衝回去洗個澡，換一套衣服，以免被人認出來我就是剛剛台上的那個人。

雖然我戴著面具，但我還是覺得百分之九十會被人給認出來，一想到此我便坐立難安。

完了，我的人生會不會就此留下一個大汙點呀？

我們在隱密的小房間裡等了許久，房間裡充斥著我們三個強烈的怨念，三人臉上的表情不停地在比誰的臉臭。

就這樣等了約莫十五分鐘，洋介老師終於進來了。

「抱歉抱歉，剛剛我的女粉絲們實在太熱情了，一直猛拉著我簽名拍照，讓我想找機會脫身都無法，所以才這麼晚進來。」

洋介老師嘴上滿是道歉，但臉上卻是笑容洋溢。

這時我看見他的右臉頰上還印著一枚鮮紅唇印，看來只有他一個人最爽。

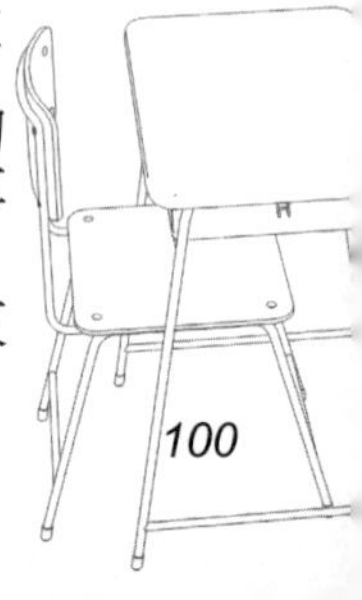

洋介老師用眼神掃視了一下我們三個後，他斂起臉上的笑容，嚴肅地問我們：「經過剛剛的事後，你們的決定是什麼？要走還是要留下？」

我們三個望著洋介老師，一語不發。

痞子德和罩哥的臉上露出複雜的表情，而我此刻的心情也很複雜。

洋介老師得不到我們的回應，他對拿著DV攝影機的美麗使了個眼神。

美麗得到指示後，很快地，剛剛在台上那些慘不忍睹的畫面，立刻在我們面前播送了出來。

「別播了。」我們三個同時鬼叫了起來。

影片雖然暫停了，但罩哥卻直瞪著畫面咬牙切齒地說：「我加入，今天的恥辱我一定會記住的，我要讓那群三八收回今天對我所說過的話。」

洋介老師笑咪咪地點了點頭。

痞子德也接著說：「頭一次，我的自我價值感是如此的低……我加入，這已經不是錢的問題，或是閒閒沒事拿來打發時間而已。這可攸關我個人的名譽，所以我要加入，我想為自己做點努力。」

「說的好。」

洋介老師優雅地拍了兩下手，讚許地看著痞子德。

我又是最後一個，他們三個轉過頭來，用眼神詢問著我。

我猶豫不決的毛病又犯了，雖然在自己喜歡的女生面前丟臉，讓我覺得臉上無光，這應該是我出生以來最丟臉的一次吧。

但在過了十五分鐘後，我已經釋懷了，就像大家對我的批評一樣，很快我就會忘了，事情就這樣雲淡風輕地過去，所以入不入社對我來說可有可無。

不像罩哥和痞子德是為了自尊，為了爭回一口氣，我倒是看得很開，反正即使不入社，我還是可以來找痞子德，然後就可以藉機見到綺綺了啊！

更何況，還要滴血立誓呢……

洋介老師看出我的意願似乎不高，他將我拉到一旁，附在我耳邊輕聲說：「如果我告訴你，綺綺她喜歡型男，這樣你願意加入了吧？」

我咋舌，吃驚地問：「你怎麼知道我喜歡綺綺？」

「呵，因為我閱人無數，怎麼樣？如果你想追她，那麼你就得成為一個型男，否則她永遠不會喜歡你的。」

「這……這……」

洋介老師見我似乎被說動了，他又繼續說：「綺綺的前男友是個不折不扣的型男喔，帥到掉渣，你覺得以你現在的模樣有機會取代他嗎？」

「你怎麼知道？」

洋介老師不回答我的問題，反而說：「如果你願意入社的話，我不但會將你改造成完美型男，我還可以當你的愛情軍師呢，怎麼樣？條件很讚吧？」

看著在一旁收拾東西的綺綺，很快地我就大聲說：「好，我願意加入。」

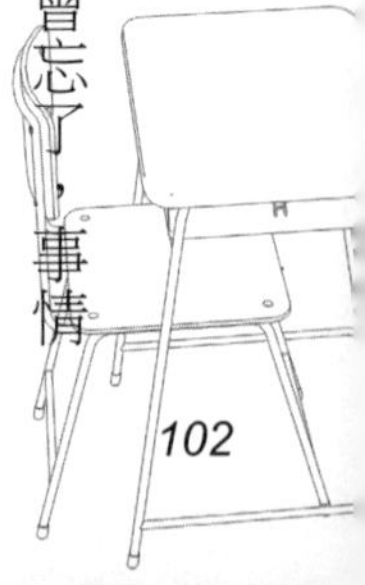

一想到綺綺和他的型男前男友，我的心中就燃起了一股鬥志，我要加油，為了綺綺加油！

眼看我們三個心意已決，洋介老師趕緊打鐵趁熱地將瓷碗及美工刀拿了出來，放在我們眼前。

「來吧，給自己一個痛快，讓我看看你們的決心。」

我們三個眉頭皺也不皺一下，唰唰唰三下，瓷碗裡立即出現了我們三個人的鮮血。

洋介老師說：「你們跟著我一起唸，我，某某某，立志成為一位優秀型男，為了表示決心在此滴血立誓。未達成目標，出門就會被車撞死，吞口水被口水噎死，放屁會被自己的屁給臭死。」

我們跟著洋介老師複誦了一遍，說得我們個個熱血沸騰、血脈賁張，眼睛裡各自燃燒著兩團火簇。

「你們有沒有信心？」

「有。」這句話響徹雲端。

「很好，看到你們這樣我很高興，從明天起我們每天都要進行魔鬼訓練，明晚同一時間同樣的教室見，千萬別忘了你們今天的誓言啊！」

「好。」

我不會忘的，我不會忘記綺綺喜歡型男的。

吳孟宅，加油！

為了喜歡的人而努力！

第五章

隔天晚上六點，我們開始正式上課。

今晚老師的娘子軍團並沒有出現，這下耳根子總算可以清淨些。

教室裡除了我們三個，還有綺綺與美麗，她們一邊協助洋介老師上課，一邊吃著她們今晚的便當。而我們三個打開我們各自帶來的晚餐，也跟著吃了起來，教室裡頓時香氣四溢。

洋介老師對我們三個說：「從現在起你們就是宅男改造社的一員，你們肩負著完成改造的使命。為了讓你們能夠時時警惕自己，以不忘自己的任務，我們每次上課前，都要唱一首歌來激勵一下。來，歌詞發下去。」

美麗立刻遞給我們一人一張紙，上面印著歌詞，歌名叫做「當我們宅在一起」。

洋介老師又說：「這首歌想必大家已經耳熟能詳了，只不過歌詞的部份我稍稍加以改編，就成了我們宅男改造社的社歌，你們先看一分鐘，然後我們就來唱。」

上面的歌詞是這樣的：

當我們宅在一起，宅一起，死一起，
當我們宅在一起，其悲慘無比。
我對著妳叫美女，妳對著我說 sorry。

當我們宅在一起，其悽慘無比。
當我們宅在一起，宅一起，死一起，
當我們宅在一起，其悲慘無比。
我對著妳想 kiss，妳對著我喊「去死」（台語）。
當我們宅在一起，其悽慘無比。

看完這個歌詞，真有種悲慘的感覺，道出阿宅的悲哀啊！

由於是第一次唱，所以我們唱了三遍。

有別於原版「當我們同在一起」的歡樂氣氛，雖然我們也是要邊唱邊拍手，但是卻越拍越無力，越唱越低靡，整個就是死氣沉沉的。

洋介老師聽完我們要死不活的歌聲，大聲地稱讚：「你們唱得實在是太好了，唯有身是阿宅，才能了解歌詞中的意境，進而得到一番體悟。讚，想必你們應該很想擺脫阿宅的人生了吧，那就開始進入我們的課程吧。」

洋介老師站到投影幕旁，綺綺操作著電腦，美麗則發了幾張講義給我們。

我們接過拿在手上隨意瀏覽完後，洋介老師說：「今天第一堂課，在進入課程內容前，我想先深入了解一下你們，所以你們三個先自我介紹一下吧。講得越詳盡越好，必要時我會提出一些我的問題，這叫做知己知彼百戰百勝，你們三個誰要先來？」

痞子德率先站了起來，他用手隨意抹了抹嘴角上的湯汁，然後開始自我介紹。

痞子德是我同住了兩年的室友兼麻吉，當然我對他的了解可說是相當的足夠，因此我心不在焉地一邊聽他自我介紹著，一邊繼續埋頭吃著我手中那碗熱騰騰的泡麵。

痞子德自我介紹結束後，接下來換罩哥開口。

罩哥吃飯的速度真是神速，才一轉眼，他就已經將一個大便當，一隻大雞腿，一份炸魷魚，一杯大杯可樂全部都給吞下肚。我的泡麵才吃到一半，他就已經翹著二郎腿，剔著牙打著飽嗝，好整以暇地等著換他發言。

在進行自我介紹時，罩哥並沒有起身，依舊是那副吊兒啷噹的模樣坐在位子上，看了實在是讓人有點不爽。明明昨天還一副信誓旦旦的說要改變，結果才一天就立刻恢復了本性，這就叫做牛牽到北京還是牛，死性不改。

對於罩哥，我並不熟，對他的第一眼印象沒有說很好。

他給人的感覺很討人厭，吊兒啷噹的模樣，不只女生不喜歡，連我也很想揍他個幾拳，因為他看起來就是一臉欠扁。

今天的他穿著一件皺巴巴的吊嘎，加上一條短褲，全身毛髮旺盛，尤其是他嘎吱窩下的腋毛，用叢林來形容都不為過。他身上不時還會飄散出一股濃烈的汗臭味，讓人忍不住皺起鼻子，想趕緊離得遠遠的。

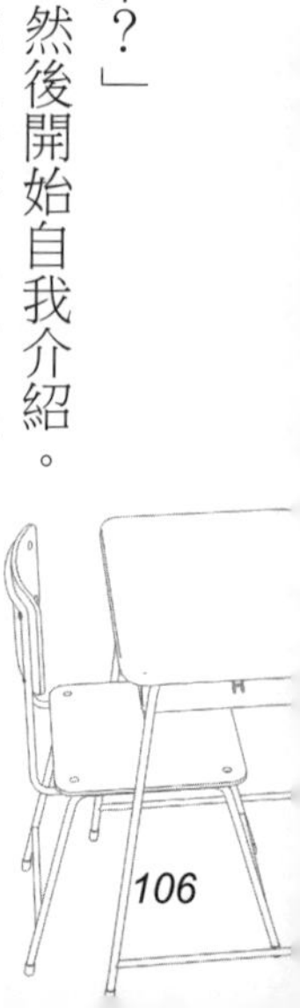

「我的名字叫趙四海，綽號『罩哥』，考試、把妹一把罩，平常興趣是看影片、看書，有事沒事喜歡摸一把，打幾圈……」罩哥邊說還邊比動作。

「看影片？看書？」痞子德問，也問出了我的心聲。

「沒錯呀，只不過我看的是成人影片，以及女星的寫真集、A書。如果你們有興趣的話，我那裡有很多影片、寫真集可以借你們，類型多到任君挑選，包您滿意。我甚至可以開一間情色圖書館了，我推薦的都很讚喔，明天可以先借一些給你們看。」

痞子德聽到馬上眉開眼笑地說：「好，我要我要。我最近還在發愁沒什麼好片可看呢，你實在是我的救星，明天你記得多帶點來呀。」

雖然也很想說我也要，但礙於綺綺就在旁邊，我不能破壞我在她心目中的形象。

洋介老師打斷了痞子德和罩哥之間沒營養的對話，正經地問罩哥：「有事沒事喜歡摸一把是什麼？」

「老師，這樣你也不懂？就是打麻將咩。」

「打麻將？是線上麻將？」痞子德問。

「當然是線上麻將，有真人美女相伴，玩起來有趣多了。」

洋介老師點頭說：「嗯，我了解了，就是個滿腦子女人，滿屋子色情的精蟲。」

「別講得那麼難聽好嗎？我可是個健康的男人耶！」罩哥辯駁。

洋介老師不想跟他爭辯，繼續問：「交過女朋友嗎？」

「開玩笑，像我這麼帥，當然有。」

罩哥一臉臭屁，我跟痞子德則一臉不屑，最好你帥啦，蟋蟀的蟀還差不多。

「幾個？」

「不多啦，才七、八個而已。老實說我一點也不覺得自己是個宅男，畢竟我的感情生活多采多姿，不像旁邊兩位老兄，立志當台灣最後一個處男。」罩哥炫耀似地看著我們。

我真想上前揍他一頓，竟把我們給說得如此不堪，交過七、八個女朋友是有什麼了不起喔！

洋介老師輕聲嘆了口氣說：「你說話的方式還真惹得人神共憤呀！談談你每一場戀愛吧，怎麼開始怎麼結束的？」

「都是在網路上玩遊戲認識的，覺得談的來還不錯，就在一起了。剛開始在一起時都還蠻愉快的，但是很快就沒什麼新鮮感了。最後都是對方提分手的，我覺得無所謂、反正感覺都淡了，要走要留我也不在乎。女人嘛，就跟穿衣服一樣，再換一個不就好了。而且現在網路這麼方便，很快就會有新的女朋友啦！」

「你這個滿腦子只有性的種豬，你的想法真令人作嘔。」

綺綺突然大罵，令全場的人都嚇了一跳。

我第一次看到她生氣的模樣，雖然她柳眉倒豎、滿臉怒容，臉頰因氣憤而漲紅，但這樣的她卻別具一番風味，同樣也是好可愛呀！

罩哥生氣的說：「別亂罵人呀妳，我說的話有錯嗎？還是妳認為所有男人就應該自始自終愛一個人才是？妳們女生的想法真的是好傻好天真，現在已經沒有那種刻骨銘心的愛情了好嗎？清醒點。」

美麗忿忿不平地說：「你說的話雖然有你的道理，但你也不能完全否認現在已經沒有那種刻骨銘心的愛情存在，不要因為自己濫情、花心，就說得全天下男人都跟你一樣。」

「有的，愛情就應該刻骨銘心才美麗不是嗎？這世界上一定還有刻骨銘心的愛情，哪怕是分隔兩地……哪怕是對方音訊全無……」說著綺綺的目光垂了下來。

看著綺綺一臉落寞的模樣，罩哥兩手一攤說：「真不知道妳們這些女生是無知？還是好騙？非要等到自己受騙上當後才會清醒，我只不過是老實說出我心裡的想法，就被妳們給罵個不停。而那些滿嘴甜言蜜語，但實際上卻是披著羊皮的狼，妳們卻個個趨之若鶩，即使被騙還是一副死心塌地的模樣，真是蠢到一個不行！」

「唉……這年頭就是騙子當道呀，像我們這些老實的男人都不被看好，女人就愛別人對她甜言蜜語，灌點迷湯她們就能乖乖就範了。老師，你說是吧？」痞子德說完轉頭看向洋介老師。

洋介老師看著綺綺，慢條斯理地說：「嗯……女人的確是屬於聽覺的動物，雖然老實男並不是不好，但是老實男卻真的比較吃虧，畢竟女人到最後才可能發現他的好……」

接著他話鋒一轉繼續說：「我們在上課內容中，會教你們如何跟女性溝通，但是我希望大家上完課後，能夠進一步去理解女性的想法，而不是拿來欺騙她們，而且我也不希望將你們調教成花心大蘿蔔。總之，這些以後我們在課程中再細說。」

後來，罩哥又繼續進行自我介紹，但我此刻的心思已完全飛到綺綺的身上。

我看她自剛剛聽完罩哥的話後，臉色就一直不太好看，是怎麼了嗎？難不成跟她的前男友有關？

綺綺呀綺綺，我真想再多了解妳一點，為妳分擔妳心中的煩憂。

最後，輪到我自我介紹，我簡單的將我的人生，濃縮在十分鐘內就介紹完畢。

過程中我一直偷瞄綺綺，但她的眼光始終投向遠方，不知道在想些什麼，當然壓根也沒在聽我說話。

在我們自我介紹結束後，洋介老師為我們三個各自下了個結論。

他指著痞子德說：「你的宅男指數百分之八十，終日沉溺於漫畫及電動中，不務正業，時常翹課，雖有小聰明但卻用錯地方。個性上小氣得一毛不拔，名副其實的鐵公雞，對自己都苛薄，對他人更不用說。講話台灣國語，鄉土味太濃郁。你十分需要被改造，否則我看不見你的未來。」

接著，他指向罩哥說：「你的宅男指數百分之六十，滿腦子色情，色情在你生活中簡直無孔不入。換句話說，如果你一日沒女人，便會枯竭而死，真是悲慘！其他事物似乎能引起你興趣的不大，對於女人不在乎，棄之如敝屣。個性上太自以為，欠扁得令人討厭。脾氣太衝，易被激怒，口無遮攔，說話不經大腦。你也需要被改造，否則有一天你可能走在路上就會被人給打死。」

最後，他指向我說：「你的宅男指數百分之百，對生活無所謂，對他人無所謂，甚至對自己也無所謂，能讓你人生有點動力的，就只有面對自己喜歡的女生。生活一團亂，人生一團亂，沒有目標，每天只想著下一餐要吃什麼，然後睡覺、放空、發呆。朋友少得可憐，大多窩在宿舍裡，都不知道在幹嘛，整天像個幽靈一樣，飽食終日，無所事事。個性上太懦弱，猶豫

不決，說話會結巴，詞不達意。你迫切需要被改造，否則你想交女朋友？下輩子吧。」

呃……洋介老師的話真是一針見血，而且還不只一針，是猛扎了好幾針，真可怕。

洋介老師說：「好，現在我已經初步了解你們了，接下來，我們就開始進入課程吧。」

我看了眼手上的錶，現在已經晚上七點半了，不知不覺間我們居然講了這麼久，真神奇。

「洋介老師……」痞子德突然舉手發問。

「什麼事？」

「我們都做完自我介紹了，可是我們還不認識旁邊那兩位美女呢，是不是也請她們來個自我介紹呢？」說完痞子德還對我眨了下眼睛。

痞子德我真是愛死你了，我回給他一個感激的目光。

「想不到你們的好奇心還真重呀？既然你們想多了解我們一點，好吧，那由我來，我再仔細介紹一下我自己吧。」洋介老師一臉興致勃勃的模樣。

「不用了。」我們三個異口同聲的說。

「你們真沒良心呢，想讓你們多了解我一點也不要……」洋介老師露出一副很受傷的表情。

「我們對你沒興趣。」罩哥不客氣的說。

「唉呀，老師，你上次已經有介紹過了呀，但是旁邊這兩位美女，跟我們相處了這麼久，但我們卻只知道她們的名字而已，其他我們都不知道。你不是說知己知彼百戰百勝嗎？為了讓宅男改造社彼此更為熟悉、更加團結，所以你就讓她們自我介紹一下嘛。」痞子德哀求。

「嘖嘖嘖，你們這幾個兔崽子……」洋介老師搖頭說。

「老師，沒關係，反正日後我們也會相處在一起，自我介紹一下，讓他們了解一下我們也好。首先，就由我先來吧。」

美麗轉過身，面對著我們繼續說：「我叫江美麗，大家都直接叫我美麗。現在是心輔系大三，我跟綺綺都是洋介老師班上的學生，所以過來幫老師的忙。我的個性嘛……溫柔可人嚕，還有，我現在已經有男朋友了，所以你們想都別想。」

「呿，誰對妳有興趣呀？別往自己臉上貼金。」罩哥一臉不屑。

美麗不理會罩哥的話，繼續說：「我的男朋友，小漢漢，是我的同班同學。他長得又高又帥、唇紅齒白、貌若潘安，對我好得沒話說，是我心目中的李大仁……」美麗的表情一臉沉醉。

「停停停，我們沒興趣聽，這段跳過，不然直接跳過妳這個人也可以。」罩哥不耐煩地說。

「對呀，這段跳過吧，沒人想聽的。」痞子德也跟著附和。

「要你管。」美麗對他們吐了吐舌頭。

後來，美麗又介紹了其他關於她自己的事，林林總總的，我的腦袋不太靈光，記不起來。可能潛意識裡，我也無心去記吧。

就在美麗冗長的敘述後，終於輪到了綺綺。

綺綺一起身，我就挺直了背脊，整個人聚精會神起來。

我緊張地望著綺綺，只見她轉身面向我們衝著我們甜甜一笑。

天啊！我這時才知道什麼叫做回眸一笑百媚生，我覺得我整個人都快樂暈了。

她一掃剛才陰鬱的模樣，微笑地開始自我介紹：「大家好，我叫白鈺綺，大家都叫我綺綺。目前是心輔系三年級，雙魚座，興趣是跳舞。目前單身，沒有男朋友，至於以前……從前種種譬如昨日死，沒什麼好說的，就這樣。」

我用心地將綺綺的每一句話都牢記在心裡。

講到目前沒有男朋友的時候，我內心開心極了，但我卻隱藏得很好，不想讓其他人看出我爽翻了的模樣。

在聽到她不願提起前男友的事時，不禁又讓我感到好奇，究竟她跟她前男友之間發生了什麼事呢？否則她為何不想提起？她還愛著她前男友嗎？

種種疑問在我心中不停地縈繞著，我抬頭看了洋介老師一眼。

洋介老師見我正在看他，他對我微微一笑。

洋介老師似乎知道綺綺和她前男友的事，乾脆找機會直接去問他好了。

眼看美麗和綺綺都自我介紹完了，洋介老師便對我們說：「這下你們總該滿意了吧，好了，別再浪費時間了，我們趕緊進入今天的課程吧。」

見大家無異議，洋介老師便走到投影幕旁開始上課。

投影幕上出現了一張男女大腦的透視圖，洋介老師滔滔不絕地講了男女先天構造的不同，以致於在生心理的需求上，也與我們男性有所差別。

簡單地講，就是女生比較注重感覺與氣氛，因此男生不一定要長的帥，但是一定要懂得如何討女生歡心，這就是一門說話的藝術。

這讓外貌並不特別出眾的我們，感到十分有信心，因為那就表示只要我們努力，還是可以受到女生青睞的。

洋介老師說完這個部份時，還請綺綺與美麗實際與我們分享她們的看法。

美麗說：「我覺得一個男人的外表並不是那麼重要，雖然外表好看的人確實是有加分的作用，但最重要我覺得還是要憑感覺。」

綺綺也說：「是呀，我們女生談戀愛都是憑感覺的，我們相信自己的第六感，只要感覺對了就在一起嚕。」

我心裡感到納悶，心想：「憑感覺？那麼綺綺為何還會喜歡型男？她真的不在乎外貌嗎？看來我要找機會好好地問問洋介老師。」

美麗接著又說：「有時候太帥的人，反而給我們沒有安全感。相反的，我覺得一個人是否有才華、是否有抱負，那才是最重要的。」

罩哥吐槽說：「有才華、有抱負是能當飯吃嗎？我看妳們女生比較在乎的是錢吧。有錢養妳們，即使要妳們嫁給一個一腳已經踏進棺材的老阿伯，妳們也會非常樂意。」

美麗生氣地說：「別將我們想得這麼勢利好不好？又不是每個女生都這樣，大部份的我們

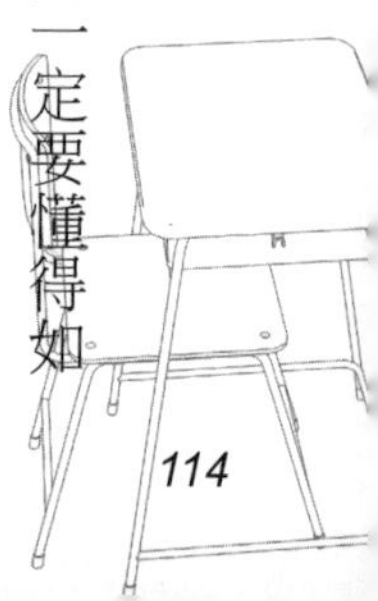

都還是希望能跟心愛的人在一起長相廝守，別談到錢這麼膚淺好嗎？」

講到勢利的女生，我不由得想到小公主，她算是個勢利的女生吧。

痞子德問：「那妳們會願意跟一個窮小子在一起，過著貧苦的日子嗎？」

美麗答：「願意啊，愛情可以克服萬難，但前提是他必須要有理想，要肯認真努力打拼才行。」

綺綺則猶豫地說：「我覺得……麵包跟愛情都很重要。如果很窮的話，貧窮夫妻百事哀，我們一定常常會為了柴米油鹽醬醋茶而吵架。這是很現實的問題，再多的濃情密意，被這些大小瑣事給一磨，很快地，那些美麗的愛情誓言終將會逝去。所以……我覺得他必須先要有穩定的經濟基礎，再去談論其他。」

聽完綺綺的話，我開始煩惱。

我家經濟並不是很富裕，我現在也沒有打工賺錢，說難聽點就是家裡的米蟲，完全靠父母在接濟，這樣……綺綺她會接受我嗎？

不行不行，我不能這麼灰心喪志，一定有方法的才對……唔，有了！回去後，我馬上就去找工讀，這樣我不就有經濟基礎了嗎？

嗯嗯，好，就這樣。

綺綺，我絕對不會讓妳餓死的！

洋介老師始終面帶微笑地聽著我們之間的對話，最後他才出聲說：「好了，別再爭論了。

每個人心中都有一把尺，我們尊重每個人有不同的想法，不管是愛情重也好，是麵包重也好，最重要的還是你們三個必須要先做改變。時間差不多了，希望今天的課程讓大家都能有所收穫，我們明天再繼續。夜深了，你們趕快回去吧。」

看了看錶，現在居然已經九點半了，不知不覺超過了下課時間，我們趕緊收拾東西，準備走人。

這時，洋介老師突然對我說：「吳孟宅，你送綺綺回宿舍去吧。」說著他還對我眨了下眼睛。

接著他看著罩哥和痞子德問：「美麗她住在學校外面的宿舍，就在學校前面那條大路直走，萊爾富旁邊的小巷子內，你們兩個誰要送她回去？」

罩哥滴咕地說：「真倒楣，還要送妳回去。好啦，算我倒楣，誰叫我住在妳隔壁條巷子，走吧。」說完直接抓起美麗的包包就往門口走，留下滿臉錯愕的美麗。

當美麗回過神時，趕緊衝出去追上罩哥，邊追還邊兇巴巴地喊：「喂，等等，你給我站住。」

我看著綺綺緊張地說：「綺綺……我送……送妳……走……走吧。」

綺綺點點頭沒有說什麼，臉上面無表情。

將東西收拾一下後，綺綺問洋介老師：「老師，你的筆電……」

痞子德馬上接口說：「我幫老師拿回去辦公室，你們先走吧。」說完還對我賊賊一笑。

當我和綺綺正要步出教室門口時，我突然想起一件事，趕緊跑到洋介老師身旁小聲地問：

「老師，明天中午我可以去你的辦公室找你嗎？」

「那有什麼問題。」洋介老師爽快地答應了。

我笑著和洋介老師、痞子德揮手說再見，然後便奔回綺綺的身邊，配合著她的步伐慢慢地走著。

月光灑在校園裡，映出兩道修長的身影，晚風徐徐吹來，將綺綺的髮絲給輕輕吹起，隨著微風，我聞到一股淡淡的髮香。

此刻的我，走在綺綺的身旁，兩人雖沒有言語上的交集，但我真希望這條回宿舍的路，可以沒有盡頭，永遠一直走下去。

綺綺似乎感受到我灼熱的視線，她轉頭冷冷的問：「我臉上有什麼嗎？你已經看了我十多分鐘了。」

「呃……」

沒想到偷看居然會被抓包，令我尷尬得當場不知道該如何是好。

就在我不知所云時，我的視線正好落在她髮上的一片落葉，我說：「妳……頭……頭髮上……有……有片樹葉。」

為了證明我並不是誆她的，我連忙將她髮上的樹葉取下，遞到她面前。

綺綺看著樹葉淡淡地說：「嗯……謝謝。」然後她便轉過身，面無表情地繼續走著。

我舒了口氣，但內心卻對綺綺冷淡的態度感到不解，她怎麼了嗎？

儘管我心中閃過無數個可能的解釋，但仍舊沒有一個合理的答案，看來明天我一定要去找洋介老師問個清楚才行。

就這樣，安靜的兩個人繼續走著。

不久，女生宿舍就在眼前，直到要進宿舍前，綺綺才回頭對我說：「謝謝你送我，再見。」這句話同樣也是冷冰冰的，臉上一點笑容也沒有。

我對她笑了笑，揮揮手說了句：「再……再見。」接著綺綺便頭也不回的進去了。

我在宿舍門口前呆呆地站了許久，直到宿舍管理員站到我面前大喊：「喂，你在這裡做什麼？」

頓時才發覺我怎麼還站在這裡。

我對著管理員尷尬地笑了笑，但她卻不客氣地說：「別以為我不知道你想幹什麼？你想偷窺對不對？莫非……你就是最近出現的宿舍之狼？吼……被我抓到了吧！」

我連忙搖頭解釋：「我不是……不是……妳誤會了。」

但管理員卻不想聽我解釋，一副不由分說就想先把我抓起來的模樣，我趕緊轉身逃跑，一路沒命似的跑回了宿舍。

回到宿舍房間，痞子德見我氣喘吁吁，一副狼狽的樣子，他問：「怎麼了？難不成你在路上被綺綺給直接撲倒了喔？」

我揮揮手說：「怎麼可能。」然後我便將被宿舍管理員誤會的事給說了一遍。

聽完痞子德捧腹大笑說：「哇塞，真有你的，不但妹沒有把到，還被誤認為是宿舍之狼，真是厲害厲害，佩服佩服。」

「真是倒楣透了！唉，不管，我要睡了。」說完我將鞋子往牆角一踢，衣服換也沒換，便倒在床上準備呼呼大睡。

「喂，你很髒耶！澡都不洗，衣服也不換就要睡了，當心明天綺綺聞到你身上的臭味會討厭你。」

「我心情不好，不想洗，反正她已經討厭我了，沒差。」

我想起剛剛路上綺綺對我冷淡的態度，心情便鬱悶得不得了。

唉……女人心海底針呀……

隔天中午，上完課後，我便迫不及待地到洋介老師的辦公室報到。

叩叩叩——

「進來。」門內傳來洋介老師的聲音。

我推開門，濃郁的咖啡香撲鼻而來，眼前洋介老師正好整以暇地泡著咖啡，他優雅地指了指沙發，對我說了聲：「坐。」

我坐到辦公桌前的沙發上，洋介老師走到我身旁，晃了晃他手中的咖啡問我：「要來一杯嗎？」

「不用了，老師，我來是想要問……」

我心急如焚地想知道關於綺綺的事情，但肚子卻在這時不爭氣地咕嚕咕嚕叫了起來。

洋介老師笑著對我說：「看來，比起咖啡，你更需要的是食物。」

我不好意思地搔了搔脖子，洋介老師將他桌上的壽司分了一半給我，我想婉拒，但老師卻說：「如果你再推拒，那你就別想知道關於綺綺的事情。」

既然老師都如此說了，我就不客氣地大口吃起他分給我的壽司。

洋介老師端著剛泡好的咖啡，輕啜一口後，便坐在我對面的沙發椅上，調整了一個舒服的姿勢，他慵懶地看著我說：「你來是想了解綺綺和她前男友的事吧？」

礙於嘴裡塞滿著壽司，我只好用力地點著頭。

洋介老師看著我認真地問：「你很喜歡她？」

我含蓄地點了點頭，老師又問：「為什麼？」

「什麼為什麼？」我吞下嘴裡的壽司問。

「你為什麼很喜歡她？一見鍾情？」

老實說，這個問題我想都沒想過，所以當老師這麼問時，我愣了一下。

然後我緩緩說：「我也不知道為什麼……有些人，你在人群中一眼就能看見她，當她一個轉身一個動作，你的視線就是無法離開她。當她開心時，你也會跟著開心；當她難過時，你的心便緊緊的揪緊……我自己也不知道為什麼會這樣，我只知道我想了解她，我想為她扛下她身上所有的煩惱，成為她的天空……」

講著講著洋介老師突然噗哧一笑。

我問：「你在笑我？」

「對不起，我不是恥笑你，我只是想不到你居然可以講出這麼感性的話，真令我對你刮目相看。」

我耳根子燙了起來。

「你真可愛，看來你是真的很喜歡綺綺呢！」洋介老師輕笑。

「嗯。」

「即使她心裡一直住著一個人，你還是選擇喜歡她嗎？」洋介老師突然說。

我胸口一窒，我問：「是誰？他前男友嗎？」

洋介老師點頭，一股苦澀的滋味湧上心頭，不知道是洋介老師手中的咖啡苦些，還是我的內心苦些。

我酸酸地問：「她還喜歡著她前男友？」

洋介老師不置可否地回答：「也許。即使這樣你還想進一步了解她嗎？」

我苦笑一聲，接著說：「喜不喜歡並不是我自己能控制的，既然喜歡上了，即使註定是個苦戀的開始，那麼我也想要去愛，沒有付出，又何來結果？」

洋介老師傾身向前拍了下我的肩膀，他笑著說：「這時候的你簡直比我還像個老師，不錯，如果你在綺綺面前也能夠像現在這樣『正常』的話，說不定她會喜歡你的。」

我的眉頭皺了一下，洋介老師的意思是說我在綺綺的面前不正常就對了，怎麼好像有種拐個彎在罵人的意味存在……

「好了，我知道你對綺綺的心意了，你不是想了解綺綺和她前男友的事嗎？我們趕快進入話題吧。」說完洋介老師便和我促膝長談了起來。

時間一分一秒地過去，牆上的指針由原本的十二點十分走到快一點。

當校園的鐘聲響起，提醒著我該去上課了，才揉著我的太陽穴，緩緩地離開洋介老師的辦公室。

來到上課教室，我腦袋還是漲漲的，整堂課我都還在想著洋介老師剛剛所講的話，我努力地將他的話給整理了一下。

大致的內容是這樣的：

綺綺的前男友叫做黃天磊，他倆自高二時便開始交往，是班上人人所欽羨的班對。男的功課好、運動佳，人緣更是嚇嚇叫；綺綺當然不遑多讓，也是老師眼中的好學生，大家心目中的女神，他們兩個在一起簡直就是天造地設的一對。

但由於兩人的感情越演越烈，小倆口常為了相處而忽略了學業，結果在大學聯考時雙雙慘遭滑鐵盧，於是兩人都進到金城大學來就讀。綺綺選擇心輔系，而黃天磊則選擇國貿系，雖然在不同的班級，但他們的感情仍相當好。

後來因為興趣的關係，他倆先後加入了國標社，靠著兩人有默契的搭檔下，拿下了國內外無數的獎牌。

黃天磊本身就很會治裝打扮，不論是在國標社或是在國貿系上，都是女生們所談論的焦點，也因此還一度拿下金城大學年度風雲人物榜第一名的殊榮。

然而，在大二時，黃天磊突然決定出國到美國留學深造，也為他們兩個的感情投下了顆震撼彈。綺綺始終不放心這場遠距離戀愛，儘管黃天磊千萬保證他絕不會變心，但最終還是出現了變卦。

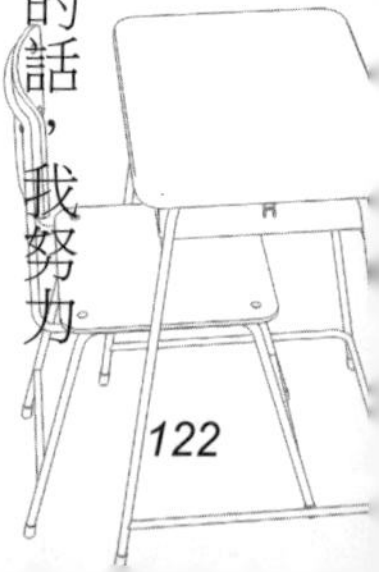

一開始每天 Skype 聊天，每個月一封航空郵件，轉變成半年，甚至一年，有時候甚至音訊全無。

對方沒有提分手，但是看起來就跟分手了沒什麼兩樣，而痴心的綺綺還是持續地在等待，等待他的音訊，等待他的歸國，等待著和他再聚首……

自從黃天磊音訊全無後，綺綺的心情曾一度低落，整個人消瘦下去，面容憔悴。雖然她現在有振作起來了些，但還是無法像從前那樣無憂無慮地笑著。

現在的她雖然在我們面前笑，但那只是她戴上了張假面具而已，對於愛情，某一部份的她仍在繼續地等待著。

面對其他人的追求她完全無動於衷，某部份是不想再次受到傷害，所以她才會私底下在面對我時，露出冷淡的表情。

而關於綺綺是不是只喜歡型男的問題，洋介老師則沒給我一個答案。

一想到綺綺為了那個無情的男人而傷心難過，我就一肚子火。

在憤慨交集之下，「砰」的一聲，桌子被我大力的捶了一下，發出了巨大的聲響，然而我卻不自覺，依舊在想著綺綺的事情。

突然「咚」的一聲，緊接著我的額頭便痛得不得了。

我回過神來，這才看見講台上的粉筆魔人正惡狠狠地瞪著我。

他見我終於回神了才說：「吳孟宅，又是你！上課不上課給我發呆，發呆就算了還給我捶桌子，干擾同學們學習，你實在是氣死我了！」

我完全無視滿臉怒容的粉筆魔人，我問：「老師，如果有個女孩因為一個男孩而一直不快樂，我該怎麼幫助她呢？」

粉筆魔人聽完我的話，簡直氣到鬍子都快打結，氣呼呼的他只擠得出「你你你……」這幾個字。

眼看老師沒辦法給我答案，我只好轉頭尋求班上同學們的援助。

「這很簡單呀！」班上的高材生花輪，推了一下鼻樑上的眼鏡後，給了我一個答案：「取代那個男孩在她心中的地位不就得了。」

真不愧是高材生，說出來的答案就是高竿，我覺得有茅塞頓開、豁然開朗的感覺，但這種感覺立刻又被無限的憂愁給取代。

取代黃天磊？我行嗎？

人家可是一等一的條件耶，我是哪根蔥可以跟他比呀？

想著想著我抱著頭開始發愁，一下子抓頭苦思，一下子唉聲嘆氣的，壓根感覺不到講台上粉筆魔人所投射過來的殺人目光。

我也不知道這堂課是怎麼過的，總之我一直沉浸在自己的思緒中。

回到宿舍後，痞子德正翻著新一期的漫畫，開心地不停哈哈大笑。我走到他身旁喊了他幾聲他都沒聽見，我索性一把搶走他的漫畫。

他氣得大叫：「喂，你幹嘛呀！我看得正精彩呢……」

見我臉色不對勁，他問：「靠，是怎樣？踩到狗大便喔？」

我嘆了口氣，將事情的始末跟痞子德說明了一番，他聽完後陷入沉思。

我焦急地問：「你有什麼看法?給我點意見吧。」

痞子德歪著頭，撫著下巴，若有所思地說：「嗯……這個嘛……我只能給你一個字……『難』呀！」

「吼……給一些有點建設性的答案吧！」

「嗯……老實說，你要取代黃天磊的地位，簡直就是天方夜譚，我只能奉送『哈哈』兩個字。照常理來說，一個正常的女性是不太可能會喜歡你的，除非綺綺她突然眼睛瞎了，或者喪失心智、精神不正常才會……」

「別鬧了，我是說真的。」

「我一直都很認真呀！」痞子德理直氣壯地說。

我無言，這就是誤交損友的下場……

見我愁雲慘霧的樣子，痞子德又說：「別沮喪啦，我剛剛只是說其中一個可能而已。想想，你還是很有機會的呀，你現在不正努力地要變成型男嗎?更何況近水樓台先得月，藉由社團的朝夕相處，再加上你改造後的宅男魅力……喔，不，是型男魅力，想必冰山也會有融化的一天，你還是很有機會的。」

「是呀，我還是有機會的。」我信心大增，開心地緊抱著痞子德說：「謝謝你，我知心的好朋友，我真是愛死你了！」

無視痞子德強烈的反抗及猙獰的表情，我緊抱著他，心中滿滿的感動。

第六章

當晚，我懷著忐忑的心情到了社團教室。

唱完了要死不活的社歌，洋介老師又繼續高談闊論著他的男女心理學，我看著綺綺的背影，心中真是五味雜陳。

雖然痞子德的話讓我增加了一點信心，但想來想去還是覺得有點不安，我真的可以讓綺綺喜歡上我嗎？

「咳咳。」

突然的聲音喚回了我的思緒，我看著洋介老師，他也正看著我。

他說：「看來今天我們有位同學上課不專心喔，心都不知道飛到哪去了？」

我連忙抓頭道歉：「不好意思，不好意思。」

洋介老師嘆了口氣說：「今天我們的課就先上到這裡吧。」

痞子德忙叫道：「什麼？要下課了？還有一小時耶，難得我的求知慾望這麼強烈……」

洋介老師說：「課是先上到這裡沒錯，但並不代表要下課，接下來我們來討論一些事情。」

聽到洋介老師說要討論事情，大家都露出一副好奇的模樣。

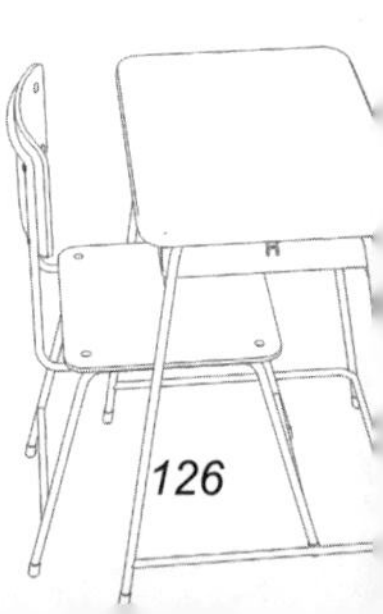

洋介老師從講台上走了下來，他說：「看來我真的低估了你們的惰性，才隔沒多久而已，你們就把當初的誓言都忘得一乾二淨了……唉，我想你們需要一位小老師來管管你們。」

洋介老師此話一出，我們大家都面面相覷。

洋介老師進一步說明：「你們每個人都需要一位小老師來監督你們，否則我宅男改造社的招牌就快被你們給砸了，所以，我的決定是這樣的……」

洋介老師看著罩哥說：「你呢，就由美麗當你的小老師。」

美麗與罩哥互相交換了一個眼神，兩人之間暗濤洶湧。

接著，洋介老師轉向痞子德說：「而你的小老師是秋香。」

此時娘子軍團中那位姿色還不錯的短髮女孩身體一震，她看痞子德的眼神瞬間銳利了起來。

洋介老師轉頭對她說：「香香，痞子德就交給妳嚕，相信妳不會令老師失望吧？」

秋香立刻起身，比了個軍人行禮的手勢，畢恭畢敬地回答：「老師，我絕對不會讓你失望的。」說完她看向痞子德，一臉殺氣騰騰地說：「喂，你給我皮繃緊一點，聽見沒有。」

看來是個不折不扣的虎霸母，痞子德有得受了。

痞子德白了秋香一眼，撇了撇嘴咕噥了句：「呿，麻煩。」

「至於你呢……就是綺綺啦。」洋介老師對我說完，接著轉向綺綺說：「綺綺這傢伙交給妳。」

綺綺面無表情，一臉冰冷，我對她微微一笑，內心真是開心到一個不行。

洋介老師分配完我們幾個人的小老師後，他說：「小老師的工作呢，簡單來說就是要監督你們的日常生活、協助你們練習，並驅除你們的惡習，所以她們的話，你們可要好好的服從……」

脾氣最暴躁的罩哥說話了：「為什麼我們要聽她們的，我才不要。」

痞子德也跟著附和：「對呀對呀，憑什麼……」但話還沒說完，就感受到洋介老師全身散發出一股冷冽的氣勢，他投射過來的目光令大家都不敢與他對視，也不敢再有任何的意見。

「還有人有意見的嗎？」

瞧大家沒意見後，洋介老師露出笑容說：「很好，從今天起小老師就要各司其職、恪盡職守，相信有小老師的協助，你們一定可以進步神速的。」

「接下來……」

洋介老師慢慢踱回講台上說：「要成為一個型男，除了外型、談吐之外，如果能擁有一項才華，還可以達到加分的效果。你們先說看看你們的才華是什麼？或者你們的興趣是什麼？還是你們有想要學些什麼才藝？痞子德你先來。」

痞子德歪頭想了一下說：「打線上遊戲可以算是一種才華嗎？我覺得我還蠻厲害的耶……」

「不會吧。」大家異口同聲地說。

罩哥說：「才華嘛……沒有，不過我高中的時候很喜歡打籃球，每天放學總要到籃球場報到，如果一天不打球，我隔天就無法專心上課。」

我問：「那現在怎麼不打了呢？」

「因為找不到對手……」

罩哥的話才一出，便慘遭美麗一記白眼，他無視美麗鄙視的目光繼續說：「是因為約不到人打球啦，大家翹課的翹課，約會的約會，真的是很難約。」

洋介老師沉吟了一會兒便說：「好，既然你喜愛打籃球，那麼就讓籃球成為你的專長，從明天起你就開始進行特訓。至於要如何努力，就靠美麗幫忙嚕。」

美麗點點頭，罩哥卻抱怨說：「什麼？要她來給我特訓，有沒有搞錯？」

接著罩哥轉向美麗輕蔑地問：「籃球妳懂嗎？」

美麗不甘示弱的回答：「懂，雖然我不打籃球，可是我常常看別人打，也多少研究過一些，別瞧不起人好不好。」

洋介老師說：「美麗的男朋友是本校籃球隊的主將，她一定可以幫你的。」

「主將？哼！」罩哥不以為然地說：「如果我加入籃球隊的話，那他大概只能坐板凳而已吧。」

「你！」美麗氣炸，整張臉漲得通紅，她深深吸了口氣才說：「別只會在那臭屁，你行不行還要由我來鑑定鑑定呢。」

「好啦，你們別再鬥嘴了！」洋介老師斥喝一聲，結束了這場爭論。

綺綺出聲問美麗：「美麗，妳這樣做好嗎？」

美麗歪著頭一臉不解，綺綺又說：「妳跟林伯漢……」

痞子德「喔」的一聲，一副了然地說：「妳這樣每天和罩哥相處，妳不怕妳男朋友吃醋喔？」

美麗紅著臉低著頭，吞吞吐吐地說：「我……我……那個……他不會生氣的啦！」

大家都好奇的看著美麗，我心裡也感到狐疑，怎麼可能自己的女朋友天天跟別的男生相處，而他卻一點也無所謂、不生氣，又不是聖人說。

大家的目光都盯著美麗，想再多了解一些，但美麗卻一臉尷尬，一副徬徨無措的模樣。

這時罩哥出聲說：「我才不管妳家那個蠢蛋在想什麼勒，總之我警告妳，妳可千萬別愛上我。」

「你少臭美了！」美麗兇巴巴地說。

突然，痞子德笑著說：「老師，我想到了，我想學吉他，感覺學吉他很帥，而且又可以把妹。」

「吉他呀，不錯啊！老師以前學過一點，要教你還綽綽有餘。那秋香妳跟痞子德約好，看什麼時候來找我學吉他。」

洋介老師說完，秋香又來個軍人敬禮的手勢說：「沒問題。」

只剩我了，洋介老師問：「吳孟宅，你想到了嗎？」

我搔了搔脖子想了一下，眼珠子轉呀轉的，視線停留在綺綺身上。

我忽然想起中午時洋介老師與我之間的談話，他告訴我綺綺曾加入過國標社，想必綺綺應該很喜歡跳國標舞吧。

沒多久我便不暇思索脫口而出：「我想學國標舞。」

我看見綺綺的身子震了一下，接著便用驚愕的眼眸直瞪著我。

我又重複了一次：「我想學……學國……國標舞，可……可以嗎？」

這句話表面上是在問洋介老師，但實際上我卻是在問綺綺。

「可以，當然可以。」洋介老師對著綺綺笑著說：「說也巧，綺綺妳以前不是很愛跳國標舞嗎？剛好妳可以教他，甚至他還可以成為妳的新舞伴呢。」

綺綺冷著臉問我：「為什麼想學國標舞？」

我結結巴巴地說：「呃……那個……因為跳……跳國標舞的男……男生很……很有魅力……很……很帥……」

面對著綺綺冰冷的目光，我心一慌，趕緊轉向洋介老師投以求助的眼神。

洋介老師在接收到我的求救訊號後，便幫我解釋：「跳國標好啊，國際禮儀呢。」

「你真的想學？」綺綺問。

「嗯……」

在綺綺冷峻的目光注視下，我不敢和她對視，只敢盯著她白皙的頸子小聲地回答。

「你想學但可惜我並不想教。」綺綺的話令我當場尷尬得不得了。

洋介老師對綺綺說：「綺綺妳別這樣……」

美麗也說：「綺綺妳該不會還惦記著黃天磊吧？」

綺綺低著頭一語不發，一臉陰鬱，不知道腦袋瓜裡在想些什麼。

痞子德說：「善良的綺綺，妳就好心幫幫他吧。難得他對國標舞有興趣，對人生好不容易燃起了一絲希望，難道妳忍心敲碎他的希望嗎？妳就大發慈悲行行好，教教這個可憐蟲吧」

這是什麼跟什麼，聽得我眉頭不由得皺了起來。

不過痞子德打的悲情牌還真有效，善良的綺綺在經過內心幾番天人交戰後，她看了我一眼，我傻傻地對她一笑，她便嘆口氣無奈地說：「好吧……」

耶，實在是太棒了！

我對痞子德眨了眨眼，他也回報我一個勝利的微笑。

「太好了！綺綺，那吳孟宅就交給妳了。」

見綺綺點頭答應了，洋介老師繼續說：「還有啊，吳孟宅這個人連說話都有問題，所以就拜託妳多跟他說說話，矯正他的結巴吧。」

「會嗎？我覺得還好呀。」娘子軍團中一個矮胖的女生說：「該不會你是想藉機多接近綺綺吧？」

「唷，果然知人知面不知心，想不到你城府這麼深。」另一個滿臉痘痘的女生跟著說。

「他是真的說話會結巴好不好，妳們不懂別瞎說。」痞子德替我解釋。

我點點頭，心裡暗想：「沒錯，我的確會結巴，而且是面對我喜歡的女生才會這樣，所以你們其他人不懂，我能理解。只要能夠常和綺綺多說說話，那麼我相信應該能克服這個問題才對。」

「如果有問題，那乾脆去上正音班不就好了，少在那邊裝模作樣。」秋香兒巴巴地說。

「跟妳解釋太多妳也聽不懂啦，反正他這種情況應該是屬於心理上的障礙。」痞子德生氣

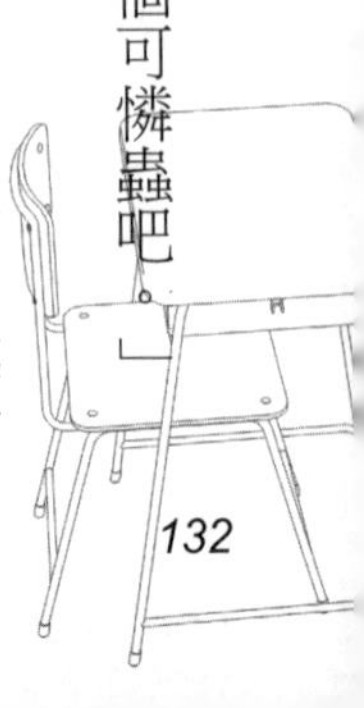

說。

「哈哈，我看你也應該去上個正音班才對，台灣國語的鄉下人。」秋香指著痞子德大笑。

「妳！」痞子德真是氣炸了。

我真同情痞子德，台灣國語有什麼不好，明明就很親切呀，為什麼有些人就愛恥笑他們的口音？

洋介老師出聲制止：「別再吵了，怎麼你們一個個都愛吵吵鬧鬧的，明明就是要彼此合作的人，卻還這副德性，你們給我好好相處、好好合作，聽見沒有。」

大家應付地點了點頭。

接著，洋介老師打開他放在桌上的公事包，拿出了一瓶小罐子。

「我這裡有一瓶我精心研發的『進步神速丸』。」

洋介老師將小罐子舉高，讓我們看個清楚，並說：「這可是我費盡七七四十九天所研發製作完成的，這個藥丸呢，可以讓你們的學習進步神速，吃了它吧。」

洋介老師從瓶子裡倒出三顆藍色藥丸，接著遞到我們面前，示意我們服下。

我們三個面面相覷，面露懼色。

怎麼繼上次滴血立誓後，這次又來個進步神速丸，真把我們三個當白老鼠來實驗啊？這藥聽都沒聽過，再加上是自己研發的，更是和恐怖劃上一個等號。

「這個藥……有經過衛生署核准嗎？」痞子德問。

「沒有。」

「那有經過動物實驗嗎？」痞子德又問。

「也沒有，你們是第一批試驗者，不過你們放心，不會死人的。」

聽完洋介老師的保證，大家更是不敢吃。

「你們不相信教授我說的話？還是你們對我的專業有所質疑？」

「呵呵……不敢不敢。」痞子德陪笑著臉說。

就這樣，我們在被半逼迫的情況下，戰戰兢兢地拾起藥丸，往嘴裡一丟，就像古代君王賜毒酒給臣子喝一樣，君要臣死，臣不得不死，我能體會那種無奈。

原本我打算趁他們不注意時，偷偷將口中的藥丸給吐掉，但洋介老師的眼睛就像老鷹一樣，直盯著我們這三隻小雞，最後我還是硬生生的把藥丸給吞了下去。

藥丸帶著點甜味，味道我說不出來，不難吃，不過就算再怎麼好吃，我也不會笨到再吃第二次。

洋介老師看我們確實將藥丸吞下後，滿意地說：「很好，現在你們有沒有什麼感覺？」

我摸摸肚子，閉上眼，努力地想要去感覺。但是什麼感覺也沒有，這時我卻聽見痞子德說：「我覺得飄飄然的，我是不是快掛了啊？」

嚇得我用力睜開眼睛，不敢再閉上雙眼，害怕一閉上會不會就再也睜不開了。

洋介老師斥責說：「胡說，照理說你們吃下後，應該會覺得有股源源不絕的能量不斷自體

內湧出，整個人會感到神清氣爽有活力才對。」

我們三個互看一眼，異口同聲地說：「沒有啊。」

「沒有？這就怪了。」洋介老師摸摸下巴，自言自語起來。

罩哥緊張地問：「哪裡奇怪？」

我跟痞子德也跟著緊張了起來。

「啊！我知道了！」

洋介老師忽然大叫，我們聚精會神地等待著洋介老師的下文。

「我忘了這個藥和一個人的智商是成正比的，越是聰明的人越能感受到藥效的威力，至於什麼都感受不到的話，那可能……」

洋介老師話還沒說完，就聽見痞子德跳起來大喊：「有了！」

我們其他人都看著他，他繼續說：「我感覺到了，有一股神奇的力量正在湧現，而且越來越大，能量越來越強，幾乎快把我整個人給吞噬了。不過我還行，還挺得住，我想我一定能進步神速的。」

聽完痞子德的話，我呆了一下，因為我壓根什麼感覺也沒有，不過我的腦筋還是很快地轉了過來。

我也高聲說：「咦，我也感受到了，真的耶！這真是太神奇了！」

說完我有點心虛，不過男人的面子還是很重要的，總不能被認為我很笨吧。

繼我之後，粗線條的罩哥終於也跟著附和。

洋介老師得意地笑了笑，然後說：「剩下還有十多分鐘的時間，就讓你們和小老師討論一下事情。我先走了，如果再繼續聽你們討論下去，我看我很快就要腦中風了。」

說完洋介老師收拾了一下東西，便提著他的公事包離開了教室，而娘子軍團中除了秋香之外，其他人也尾隨著洋介老師離去，瞬間教室裡只剩我們六個人。

一開始，大家陷入一陣尷尬的氣氛中，沒有人率先打破沉默，大家我看看你，你看看我。

終於在一陣漫長的靜默後，罩哥率先打破沉默對美麗說：「喂，我們快開始吧，要討論什麼趕快說，否則我可要走人了。」一邊說罩哥邊起身，一副準備走人的模樣。

美麗立刻喊道：「站住，我要跟你討論的事可多著呢，別想給我落跑。」

激將法果然是罩哥的罩門，他立刻停下離開的動作，美麗則一把將他給拉到角落的位置上坐下，開始和他滴滴咕咕的說起話來。

眼看有一組已經開始動作了，秋香和痞子德也找了個偏僻的位置討論起來。

我看看綺綺，綺綺也看看我，我說：「我……我們……」

「就在這討論吧。」說完綺綺起身，挑了一個離我最近的位置坐了下來，接著她拿出筆記本說：「手機、MSN、e-mail。」

我一五一十地稟告，綺綺也將她的連絡方式留給了我。

接著綺綺說：「從明天起，我們晚飯一起吃，除了改進你說話的毛病外，也順便討論一下對你改造的事情。還有，你什麼時候有空堂？我們約時間在空教室裡進行國標舞教學。」

除了要到綺綺的電話外（其實是她主動給我的），想不到還可以跟她吃飯聊天，甚至是進

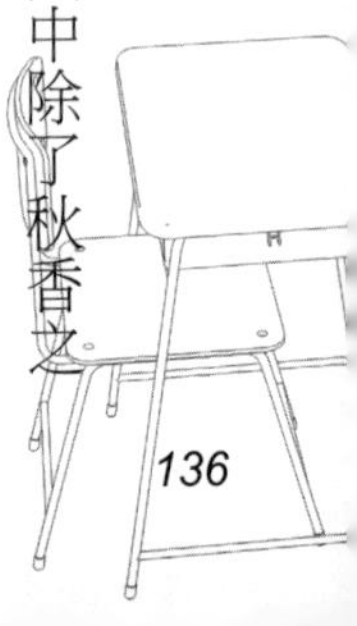

行面對面的國標舞教學。

一想到可以握著她的小手，我整個人都心神蕩漾了起來，這……這簡直是天上掉下來的禮物嘛！嘻嘻。

我一邊聽綺綺說話，一邊一個勁地猛點著頭，臉上滿是笑容。

綺綺最後說：「大致上就這樣，沒問題吧？」

「嗯嗯。」

「那明天早上十點約在馬德里廣場見，我會先教你一些國標舞的基本舞步。」

「嗯嗯。」

「那好，沒事了，走吧。」綺綺將筆記本一收，接著站起身。

我直覺地問：「去……去哪？」然後我看了看四周，這才發現痞子德和罩哥他們早已經走了。

低頭一看，現在居然已經晚上十點半了，我不好意思地搔搔脖子說：「對……對吼，都……都這麼晚了。」

綺綺輕嘆了口氣說：「走吧。」

「嗯。」

＊＊＊

這次我還是陪著綺綺走回女生宿舍，一路上彼此依舊沒有談話。

今晚的夜風有點大，吹得樹葉沙沙作響，嗚嗚的風聲就像少女在低泣般，聽起來格外嚇人，但是綺綺的臉上卻沒有絲毫懼色。

良久，綺綺突然悠悠開口說：「以前，曾經有個人，在無數個夜晚也是陪我這樣走著……」

「嗯……」

我知道她說的那個人是誰，雖然我心裡有點苦悶，不過我還是很高興綺綺願意和我談到他，然而綺綺在說完這段話後，便再也沒有下文。

我偷覷了一下她的臉龐，有著絲絲的落寞。我停下腳步，咳了一聲後開口問：「為……為什麼不……不笑？」

綺綺停下腳步，轉過身來看著我。我鼓起勇氣繼續說：「一……一開始……妳會……會對我……我笑……」

「喔，那是為了拉你入社呀。」綺綺平淡地說完後，轉過身繼續往前走。

「我……我希望妳……妳常常……常常笑，因為……因為妳笑起來……很……很好看。」

綺綺又停下了腳步，但這次她並沒有轉過身來。

我望著她的背影，只聽見她輕聲說了句：「謝謝。」然後便邁開步伐，繼續往前走。

我送綺綺回到宿舍後，這次我在樓下並沒有停留太久便離開，因為以後我有的是機會可以常送她回來。於是我趕緊回到自己的宿舍，好好的給他休息一番，養精蓄銳，明天又是美好的一天。

隔天一早起床，拉開窗簾，和煦的陽光灑進了室內。

我深深地吸了口早晨的空氣，迎面的微風帶點微濕的氣息，整個灌進我的五臟六腑，令我整個人神清氣爽。

伸了個懶腰，我看了一下錶，現在是早上七點半。

我從沒有在這麼早的時間裡醒來，我是說真正的清醒過來，以往即使有課，我也是整個人渾渾噩噩的進去，然後再睡意猶濃地出來。

而今，我居然在這麼早便清醒了過來，這種感覺真是難以言喻啊！

「舒暢，真是太舒暢了！早晨的空氣原來是這麼的新鮮，陽光是這麼的溫暖啊！」我忍不住低嘆。

「咚！」

我的後腦勺突然遭受軟物襲擊，雖然物體本身不具攻擊性，但是攻擊者的力道卻大到讓我的身體往前一傾。

穩住身往地上一看，原來攻擊我的是一顆枕頭，緊接著便聽見痞子德的咆哮聲：「媽的，吳孟宅你在那發什麼神經，快把窗簾拉上啦！」

轉頭便見痞子德那佈滿血絲的雙瞳，正投射過來殺人的目光，但很快地他的眼神便迷離了起來，呈現半昏迷狀態，然後「砰」的一聲，就倒回了床上。

唉，又一個蹉跎青春歲月的無知少年呀！

所謂一年之計在於春，一天之計在於晨，我們應該要好好把握時光才對……

不過我好像也沒有資格講別人……

這時，痞子德的手機突然響了起來。

雖然音量不大，但在寧靜的早晨裡卻顯得相當刺耳，只見痞子德翻了個身，將棉被緊緊地蒙住頭，完全不予理會。

我看了一下浮現在螢幕上的來電顯示，沒想到居然是秋香。

手機在響個不停後，總算靜了下來，但沒多久卻又再度響了起來。

就這樣奪命連環call了快五通，而痞子德仍是抱著棉被在夢周公，我實在受不了，直接將手機丟到他的床上，我就不信這樣他還睡的著。

沒想到痞子德低啐了聲，便直接將手機關機，繼續安穩地睡他的覺。

「你不接她電話這樣好嗎?洋介老師說要我們服從小老師的話……」

痞子德乾啞的聲音自被窩裡發出：「誰理她，別吵老子睡覺！」

說完沒多久，我便聽見他平穩的呼吸聲，看來他馬上又睡著了。

我搖頭嘆了口氣，接著揹上背包，換上布鞋，準備去上早上八點整的課。

這時卻聽見外頭有人在用大聲公大喊：「男生宿舍208室的林冠德，你給我下來。」

突然聽見自己的名字，痞子德整個人幾乎是從床上跌了下來，他趕緊飛奔到窗戶旁向下一看，我也湊過去一探究竟。

只見宿舍外頭站了個女生，正是秋香，她高舉著大聲公對著我們宿舍繼續大喊：「林冠

德……你這個背信忘義的負心漢，你不守信用，說話不算話。打給你手機也不接，還給我關機，你把我當什麼？想利用我的時候就來找我，不想玩了就拍拍屁股走人嗎？你立刻下來給我說清楚！」

眼看秋香說得慷慨激昂，說話的同時還不時拿出手帕擦擦眼淚、擤擤鼻涕，我在樓上看著不由得心生佩服，這真是場唱作俱佳的優質演出，她不去演戲實在是太可惜了。

我向兩旁一看，這才發現這棟宿舍的人，都紛紛探出頭來瞧瞧怎麼回事。路過的路人也都關切地走到秋香身旁，給予她適時的安慰，頓時耳邊傳來眾人竊竊私語的聲音，我聽也不用聽就知道他們在談論什麼。

我看向痞子德，只見他一臉鐵青，剛才的睡意早已被這驚心動魄的一幕給嚇醒了。

許久，痞子德才找回自己的聲音，他怒叫：「媽的，這女人現在是在演哪一齣戲呀？吼，我真的會被她給整死！」

我問：「到底是怎麼回事？你跟她約定了什麼？」

「不是我跟她約定的好不好，完全是她自己一個人決定的。簡單地說，就是她叫我今天早上八點和她一起去找洋介老師學吉他，就這樣。」

「啥？就這樣？」

接下來，痞子德完全顧不得我，他就像一陣風一樣，迅速著裝完畢後，便飛也似的出門了。

我看著他狼狽的模樣，暗捏了一把冷汗，心中慶幸著好險我的小老師是綺綺。

＊＊＊

上完課，我依約來到馬德里廣場，這時綺綺人早已到達。

只見她今天穿著一件清涼的白色挖洞背心，下半身搭上一件波希米亞風的碎花長裙，半長的頭髮有點微濕，卻簡單地用著一條紅色絲帶束了起來，看起來既有氣質又有朝氣。

我對綺綺打了聲招呼，她和我點了個頭後，便提著一台音響，領著我到慾望城市大樓隨意找了間無人使用的教室。

我們將教室的課桌椅撤到一旁，挪出一個可活動的空間，接著綺綺打開音響，ＣＤ一放，一首古典樂便隨之而起。

綺綺閉起眼，靜靜地聆聽了一會兒音樂，頭也隨之擺動，音樂的節奏十分輕快，令人感到輕鬆無負擔。

我跟著靜靜地欣賞著音樂，一邊也順便欣賞著綺綺陶醉的神情，我想她應該非常熱愛跳舞吧！

沒多久，綺綺伸起右手開始在空中上上下下地打起了節拍，當音樂到一個段落時，綺綺睜開眼對我說：「你仔細聽音樂，它的節奏是固定的三拍，你聽的出來嗎？」

我豎耳仔細聽了一會兒，開心地說：「有……有耶！」

「好，我現在先教你跳華爾滋，這種舞步在宴會上常會看見，因此還蠻實用的，嗯……你

過來。」說話的同時綺綺已經走到了教室的中央，而我也跟著走到她面前。

當我站定位時，綺綺又向我站近了些，這時我們兩個的臉貼得好近好近，我的心臟又開始不安分地狂跳了起來。

近看綺綺的皮膚真的是好好，雪白如玉、吹彈可破，臉上略施薄粉，看起來氣色更佳。我只偷瞧了幾眼，便不敢再與綺綺對視。

由於綺綺站過來後的身高大概矮我半顆頭，所以我接下來的目光都直盯著她的頭頂看，以免我分心。

「你的右手托著我的腰，左手舉高握著我的手，來，就是這樣。」說完綺綺便抓著我的右手放在她的腰際，我只敢輕輕的碰觸，完全不敢造次。

然後我就看見我的左手被綺綺給握在手裡，那柔嫩的觸感，令我一瞬間有點飄飄然。

「這就是華爾滋的基本姿勢，記得了嗎？」

我愣愣地點頭，要我不記得都難呀！

綺綺轉過身去將音樂停下後，又回到我面前繼續教學：「接下來是舞步，首先先走一個方塊步。我的右腳後退，你的左腳同時前進，身體也跟著往前移動。接著你的右腳往側橫跨一步，腳跟不要著地，然後……」

學完一個段落後，我們練習了幾次，由綺綺來數拍子：「預備……起，１２３，２２３，澎恰恰，澎恰恰……」

然後再配合著音樂練習了幾次，就這樣，我在綺綺的帶領下學會了華爾滋的基本舞步

在練習的過程中，我時常踩到她的腳，有時雙腳都跳到打結，不知道在跳些什麼，但是綺綺都不氣餒，也都不會臭罵我。

相對的我在她臉上看見了久違的笑容，不是之前那種裝腔作勢的，而是真真切切、發自內心由衷的笑容。

我看著她臉上美麗的笑靨都看呆了，我想她應該不曉得自己居然開懷地笑了。

為了讓綺綺每天都能開心地歡笑，我一定會認真學習的，更何況我不是吃了什麼進步神速丸嗎？我相信我一定可以變得很厲害的，說不定有一天我真的能取代黃天磊在綺綺心中的位置呢！

一想到這我就開心得不得了。

下午四點上完課回到宿舍後，我一個人在房間裡自個兒哼著音樂，抱著空氣，練習了起華爾滋。

「咳咳。」

痞子德對著我咳了幾聲，我看著他問：「怎麼了？我親愛的室友。」

聽了我的話痞子德打了個冷顫，一臉作噁，他說：「你跳夠了沒有啊？你發春的情形實在是太嚴重了喔。」

「啊，我從來不知道跳舞是這麼的有趣，人生居然可以這麼的美好，實在是太棒了！」

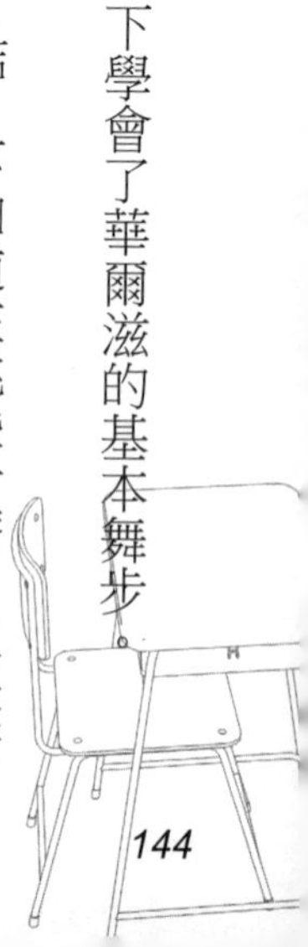

我見痞子德一臉不以為然，便問他：「你呢？吉他學得怎麼樣？」

「別提了，你看我的手。」

痞子德伸出他的雙手，只見他的十根手指頭幾乎全破皮，而且左手手臂上還有一條條的紅痕，我問：「這是怎麼回事？」

「想不到吉他比我想像中還要難學，而且秋香這婆娘動不動就藤條伺候，我還真是可憐呢！」

痞子德哀怨地看著自己的雙手，繼續說：「等等秋香和洋介老師還要陪我去買把吉他……」

「你哪來的錢買吉他？」

「我沒錢呀，洋介老師出的。」

「他要送你一把吉他，會不會太好了啊？」我驚呼。

痞子德瞪了我一眼說：「一點也不好，這吉他只是他先出錢買給我的，他要我下個月必須抱著吉他到街頭去賣藝，然後再把所賺到的收入拿來還給他。」

「呃……」

秋香和洋介老師還真狠，把一個初學者推出去賣藝，是能賺到幾個錢呀？

不過我嘴巴上還是安慰痞子德：「我相信你下個月一定可以學有所成的，想想看，我們不是吃了進步神速丸嗎？而且這樣的賺錢方式似乎也不錯……」

說到這我才想到，我自己也該找份打工來做才對，上次我才在心裡暗暗發誓，絕不會讓綺綺跟著我餓肚子的，我要自食其力，不要再依賴父母。

於是我沒功夫再理會痞子德，我立刻到桌前打開了電腦，開始上網搜尋工讀機會。

很快地我便找到了幾個還不錯的工作，看來接下來我的大學生活可要忙碌了，不僅要上課、打工，還要練習國標舞、上社課，不過我一定行的！

吳孟宅，加油，你一定做的到！

第七章

一年過去，我的大二生活就在辛苦忙碌中渡過了。

白天有課的時候上課，沒課的空堂便和綺綺練國標舞，如果綺綺剛好有事的話，我就去打工。

我在本校的學生餐廳飲料店找到了工作，雖然時薪並不高，但至少是個好的開始。

到了晚上，我便和綺綺去學生餐廳吃飯，或是直接將晚餐給帶到教室內，趁還沒上課前，和綺綺邊吃著晚餐邊聊聊天、打打屁。

漸漸地，我結巴的毛病真的完全改掉了，真多虧綺綺的幫忙，她不僅幫我解決了這項毛病，也讓我們彼此熟悉了許多。

至於社課方面，除了上一些理論之外，每堂課我們都會有一些實際的練習。例如和小老師進行辯論，討論一些指定的話題，或是現場進行模擬演練，由小老師來充當對象，讓我們練習在路上如何和女生搭訕，在餐廳約會時該有怎樣的禮儀……等。

穿搭的課程則是大家一起看一些流行資訊、時裝雜誌，並針對我們每個人的體型來挑選合適的衣服，雖然我們三個並不富裕，但是買一些平價衣服這點錢還是花的起的。

很快地我的衣櫃裡便多了許多新衣，不僅是衣服，連包包、帽子、皮鞋等通通換新，髮型也經過專業美髮師的設計。

開始習慣每天洗澡，做一些簡單的清潔保養，穿起從前不曾穿過的服裝，甚至在出門前還會站在鏡子前左看右看一番，覺得滿意了才會出門。如此一番大改造，著實讓我們三個晉升為型男的行列。

光是外表潮當然是不夠的，內涵還是要有。

經由這一年來的密集訓練，以及小老師的嚴密監督下，我們三個在短短一年內便脫胎換骨，像隻破蛹而出的蝴蝶。

和女生交談時我已經能對答如流，更懂得察言觀色，並適時給予她們關心。甜言蜜語當然不用說，一定要的，不過我並不想太超過，以免為自己惹來不必要的麻煩。

在國標舞的練習上，我更是進步神速，不僅每種舞都會，甚至已到達駕輕就熟的地步。不用太多的思考，我的身體只要一聽到音樂，便會不由自主的舞動起來。

我想這都是綺綺的功勞，還有那顆進步神速丸的功效吧。

罩哥和美麗兩個人的感情似乎變得比較好，以往的針鋒相對已經消失殆盡。

當他們雙方互看的時候，總似乎有著什麼不可言喻的情愫在裡頭，但他們兩個都雙雙否認，於是他們之間到底是不是在搞曖昧，我們旁人也霧裡看花看不清。

痞子德一開始則被秋香給吃得死死的，不過在經過一段時日後，雙方也都相處融洽，後來兩人甚至還成了無話不談的好哥們。

據痞子德說，自從他開始學吉他後，才了解洋介老師的琴藝出眾，於是他漸漸的也開始崇拜起洋介老師，後來他更加入秋香她們的行列，成為洋介老師的追隨者之一。

至於我跟綺綺嘛……

自從綺綺開始教我跳國標舞之後，她整個人變得比較開懷。

一開始，三不五時她還會恢復到原本冷冰冰的模樣，但是自從我學會如何討女生歡心的技巧後，每次我都會準備一些笑話，或是一些有趣的事情和她分享。

她聽了之後從原本的毫無反應，到忍不住的噗哧一笑，甚至到後來眼角溢著淚的哈哈大笑。每每我都會等不及，想趕快把一些有趣的事告訴她，為的就是希望能天天看到她臉上的笑容。

在陪綺綺走回女生宿舍的路上，我會主動幫她提包包，天冷時將我身上的外套借給她穿，下雨時為她撐傘，風大時為她擋風，一路上我們說說笑笑。

有時心血來潮，眼看今晚月色還不錯，便仰躺在一旁的大草地上，凝望著無邊無際的夜空，靜靜地享受著這份寧靜。

走到女生宿舍樓下，我總會叫綺綺記得要早點休息，我可以直視著她明媚的雙眸，而不是像從前那樣只敢盯著她的頸子看。綺綺也不再只是頭也不回的上樓，她總會在進到宿舍大門的那一刻，回頭和我揮手微笑說再見。

我和綺綺之間也是曖昧不明的一對。

有時候，我差點忍不住脫口想問她願不願意和我交往，但是內心深處的我又十分害怕。害怕被拒絕，害怕受傷害，到時說不定連這樣簡單的幸福都得不到，而到最後會不會連朋友都當不成？那麼我還有什麼理由繼續留在社團裡？每次上社課時，我又該如何面對她……

每次想到這裡，我內心那份渴望愛情的衝動便冷卻了下來，我的理智告訴我要冷靜，再等等吧！

那到底要等到什麼時候呢？我心裡感到煩躁。

最後，我的決定是……

等到成果展結束那天再來告白吧，這樣是最保險的了。

＊＊＊

今晚是這學年在宅男改造社的最後一堂課。

教室依然是老樣子，不過我們三個人卻變得不一樣了。

罩哥成為了陽光男孩，他走的是運動風，畢竟常常要練習籃球嘛，皮膚曬得比過去還黝黑些。

一頭染成橘紅色的貝克漢髮型（雞冠頭），身上穿著時尚的寬大T恤，配上一條寬鬆的垮褲，腳穿一雙運動球鞋，平常還會搭配上一頂球帽或是太陽眼鏡。

今晚的他正好戴著太陽眼鏡，雖然看起來帥氣十足，但在夜晚中配戴卻顯得有點詭異，太陽早打烊下班了。

痞子德則走的是憂鬱氣質男路線，雖然他台灣國語的口音改善了不少，但為了避免說太多話而說溜了嘴，所以洋介老師乾脆要他少說話，裝成一副憂鬱的模樣。

在外觀上，木村拓哉的髮型，合身的T恤外搭一件帥氣背心，下半身配上一條哈倫褲，頭戴一頂造型爵士帽，腳踩尖頭皮鞋，是他最常出現的造型。

今晚的他就是這身裝扮出現在教室裡。

另外，痞子德實在是越來越騷包了，身上總愛戴一些有的沒的配件，例如牛仔領巾、皮手環、皮繩項鍊……等，甚至還跑去在左耳上穿了兩個耳洞，戴起了耳環。

三不五時的他，就這樣一身穿著出現在城市的各個角落裡，手抱著一把木吉他，以低沉富有磁性的嗓音，娓娓唱出一首首撼動人心的歌曲，並不時流露出淡淡的哀愁。常常可以騙到許多女生過來和他搭訕，想為他分憂解擾，完全是看準女生母愛的天性。

而他那副裝出來的憂鬱，大概是跟秋香相處久了吧，演得真是入木三分，也因此他很快就賺足了錢來還洋介老師的債。

至於我呢，我也不知道我是什麼風格，還是一樣地隨興。

不過我最常穿的服裝從原本的T恤變成了合身的襯衫，而下半身有時我會穿西裝褲或緊身的牛仔褲。

頭髮還是一樣的凌亂，但在懂得使用髮蠟抓造型後，我便天天抓出一頭帥氣的頭髮。

另外，一雙鋥亮的皮鞋，加上平價的 swatch 手錶、一條十字項鍊，也是我必備的行頭。

最後，出門前我還會噴點古龍水在身上，痞子德和罩哥也會。

晚上六點鐘，我們六個人這時正在教室裡嘰嘰喳喳地說個不停。

大家混熟了以後，都成了無話不談的好朋友，也因為這樣我和痞子德、罩哥三人經常走一起，路上我們總會遇到路人對我們投以讚嘆的目光。

女生會看著我們滿臉羞紅，身旁有男朋友的則對我們咬牙切齒，大家對我們的態度完全改觀。

坐在教室裡上課，女同學會熱心的借我筆記，還有人熱心地幫我準備中午的愛心便當，各種福利紛紛接踵而來。

不過今晚我們大家在開心聊天的同時，有一個人卻心不在焉的。

我注視著美麗觀察了一會兒，她今天不知道怎麼了，悶悶不樂地，聊天的時候也不怎麼熱絡，而且她鼻子紅紅，眼角還有點微濕，我想其他人應該也都注意到了吧。

「美麗，妳怎麼啦？」綺綺關心地問。

「我……我沒什麼。」美麗低著頭，逃避眾人的目光。

「妳的手怎麼回事？」坐在最靠近美麗的罩哥，突然抓起美麗的右手高舉起來。

我們大家靠近一看，只見美麗的手背上有著擦傷的痕跡，撩高衣袖細看，手臂上更是佈滿許多新舊傷痕，而她的腿上也是如此。

我們所有人都關心地詢問著美麗，但她卻說：「沒……沒什麼啦……我只不過不小心跌倒撞到桌子罷了……」說完她心虛地不敢看著我們。

「是不是他又打妳？」

罩哥的話讓我們大吃一驚，綺綺更是緊張的追問：「誰打妳？」

美麗緊咬著下唇一語不發。

「啊！不會是他吧？」綺綺驚呼說。

「誰？」我問。

「林伯漢。」綺綺臉上表情複雜。

林伯漢……

這個名字好耳熟喔……

「啊！」

我大叫一聲，林伯漢不就是美麗的男朋友嗎？

一聽見林伯漢的名字，美麗的眼淚立刻掉了下來。

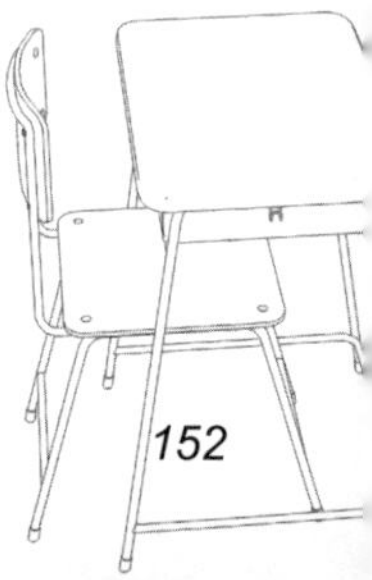

如果是以前的我們，這時一定手忙腳亂不知道該如何是好。但是現在的我們，可是一群訓練有素的型男，馬上遞面紙的遞面紙，拍肩安慰的安慰，閉嘴的閉嘴。

瞬間，教室裡籠上了一層冰霜，大家默默地圍在美麗身旁，看著她淚如泉湧的哭了許久。

「砰！」罩哥突然生氣地大拍桌子，跳起身說：「我幫妳去找他算帳！」

美麗趕緊抓著罩哥的手臂哀求：「求求你，別去……」

罩哥看著美麗幾秒後，態度軟了下來，不過他臉上依然怒容滿面，他說：「我不是叫妳別再去找他嗎？」

美麗還是一樣沒回答，雖然這時的她已不再哭泣，但仍是抽抽噎噎地吸著鼻子。

「好了，等她心情平復點再說吧。我現在先帶美麗去保健室擦藥，然後再送她回去休息，等會兒老師來時，你們幫我跟他說一聲。」綺綺攙扶著美麗站起身。

我們點了點頭，接著目送綺綺帶著美麗離開了教室。

「那個王八蛋憑什麼打她？」秋香一臉忿忿不平。

「剛剛我聽你說他『又』打她，看來似乎不是第一次了，這到底怎麼回事？」痞子德問罩哥。

「對呀，我記得美麗不是很愛她男朋友嗎？」我也問。

罩哥煩躁地抓了抓頭，接著對我們說：「其實我一開始也不知道，我只知道她很愛她男朋友，但是我從來沒看過他，美麗也都說她跟她男朋友很甜蜜，所以我一直認為他們之間沒什麼問題，直到……」

罩哥頓了一下後，嘆了口氣繼續說：「直到有一天，我看見她臉上有一個清晰的巴掌印……」

「什麼！」秋香驚呼。

我生氣地說：「太過份了！怎麼可以打女人！」

一想到美麗被一個體格強壯的男人給毆打的畫面，我就不由得心痛。

「當時我很生氣，再加上原本就衝動的個性，於是我二話不說就衝去要找那個男的理論，即使美麗硬拉著我，我還是死拖活拖的把她帶去。當林伯漢看到我跟美麗時，整個不客氣的對我倆亂罵一通，說美麗找新歡來報仇，罵她婊子，我怒不可遏地揮了他一拳，接著雙方便打了起來。不過美麗卻不停地在一旁阻攔我，害我平白無故被多毆了好幾拳。最後校警過來，我們才不歡而散。」

罩哥回想起當時的情境，語氣也不由得激動了起來，拳頭整個捏到指關節泛白。

痞子德說：「我實在很難想像耶，美麗她平常明明就很兇悍，她不是還時常跟你吵架嗎？怎麼會……」

罩哥說：「你們還記得美麗在第一堂課說過的話嗎？當你問她們願不願意跟一個窮小子在一起時，她回答……」

痞子德摸著下巴說：「嗯……我記得她好像是說她願意，什麼愛情可以克服萬難什麼的。」

罩哥點點頭說：「沒錯。」

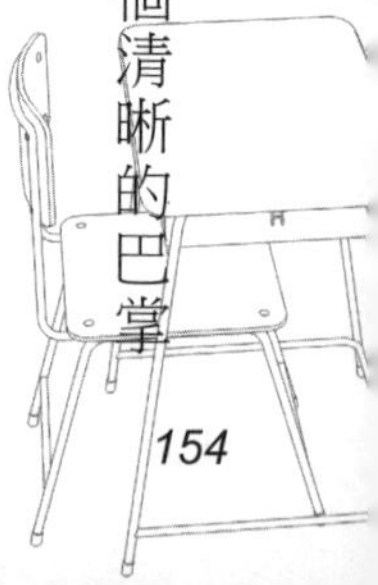

我們四個同時若有所思的低下了頭。

沉默片刻後，秋香嘆了口氣說：「愛情實在是會讓人變笨，如果是我的話，我才不稀罕呢！」

痞子德笑說：「別嘴硬，現在講得這麼輕鬆，到時候要是碰到了，說不定妳自己也身陷其中呢。」

我問罩哥：「對了，那個林伯漢到底是個怎樣的人啊？他有什麼魅力能讓美麗這麼喜歡他？」

「他啊……據我事後的打聽與了解，那個林伯漢是本校學生會的一員，也是籃球隊的隊長。他的家境並不富裕，且他爸爸的公司目前正面臨財務危機中。」

罩哥頓了一下，喝了口水後繼續說：「原本的林伯漢是個認真上進的好學生，他之所以加入學生會，為的就是希望能巴結金城三少來解決他家的債務問題，於是他甘心做他們的小弟。而金城三少為人出手闊綽，常帶他們這些小弟們吃香喝辣的，林伯漢在耳濡目染下，他的個性完全丕變，整個人變得玩世不恭，上夜店、唱ＫＴＶ、泡網咖，每天都過著紙醉金迷的生活。」

「金城三少！」痞子德露出驚訝的表情。

「天啊！他是金城三少的小弟？看來這件事可棘手了。」秋香蹙起了眉頭。

「誰是金城三少呀？」我滿臉困惑。

「金城三少你不知道？」秋香大感訝異。

「呃……」

誰呀？他們很有名嗎？

我應該認識他們嗎？

痞子德搖頭說：「吳孟宅，虧你已經擺脫阿宅一族的行列，怎麼對於這些消息還是一點也不靈通呀？」

我抓抓頭，尷尬一笑。

痞子德嘆了口氣解釋：「金城三少是我們學校的三個學生啦，他們的身份可是大有來頭。一個是本校創校人的兒子，一個的爸爸是市議員，另一個則是富商之子，都是含著金湯匙出生的富二代，等級和我們天差地遠、南轅北轍，這幾年更是本校每學期風雲人物榜上的前幾名。有錢有勢，小弟不計其數，想嫁給他們的人更是排隊繞了台灣好幾圈，你說你不認識會不會太扯了？」

喔……原來是典型的靠爸一族啊。

咦？等等，學校創校人的兒子那不就是……

「金大亨！」我吃驚地說。

痞子德點了點頭。

金大亨不就是公主她的男朋友嗎？

一回想起公主從前對我的態度，現在想起來還是有點氣。

「唉唷，吳孟宅你別打岔啦，我要聽美麗和林伯漢的事。」秋香瞪我一眼後，轉頭問罩哥：「接下來呢？」

罩哥繼續說：「他和美麗的感情原本真的很好，但是後來被帶壞了，屢次劈腿偷吃，甚至對美麗不聞不問，偶爾心血來潮時才會對她好。我要她和他分手，但是美麗一直認為林伯漢只是一時走偏而已，很快他就會恢復到以往的模樣。」

「真是個笨女人！」痞子德忍不住低罵。

這時，皮鞋喀啦喀啦的聲音響起，秋香對我們說：「老師來了。」

我抬頭一看，洋介老師正笑臉盈盈地走進教室，他的目光在教室裡繞了一圈後，問：「咦？綺綺和美麗人呢？」

我們四個互相看了一眼，當我心裡正考慮著是否要把美麗和林伯漢的事告訴老師時，戀慕老師成痴的秋香及痞子德卻早已開口，他們一五一十的將美麗的情況毫不保留地告訴了洋介老師。

洋介老師聽完嘆了口氣說：「美麗真傻……不過我相信她是個聰明的女孩，她一定會趕快清醒過來的。」

見我們個個一臉凝重的表情，他換了個口氣對我們說：「你們幾個怎麼啦？振作一點，在關心別人之前也別忘了自己呀。下禮拜就是成果展週了，你們一年來的努力就即將開花結果，那麼今天最後一堂課，我們就來做個總檢討，你們各自分享一下這一年來的心得吧。」

我們三個振作起精神，先後分享完心得。

洋介老師聽完滿意地說：「很好，你們說得很好，既然如此我們接下來就來個期末測驗吧。」說完他神秘一笑。

大家聽到期末測驗四個字，都不由得好奇了起來。

「走，我們現在就一起去夜店。」

見我們一臉茫然，洋介老師解釋：「你們的測驗內容就是到夜店裡和女生搭訕要電話，在一個小時內我們來比看看誰要到的電話最多。」

大家聽完呆了一下，沒多久痞子德就開心地說：「哇塞，這個測驗真是有趣極了！」

接著他轉頭對我和罩哥說：「喂，你們兩個，可別輸給我啊！」說話的同時臉上表情信心滿滿。

秋香對痞子德涼涼地說：「唉，我看這個測驗真是爽到你了吧，輸了可別來見我啊！」

痞子德對秋香拍了拍胸脯，一副沒問題、一定會贏的模樣。

我也很想試試我現在的能力，於是興奮地說：「似乎很有趣的樣子！」

但罩哥卻一臉興趣缺缺，不過他並沒有說什麼，我猜他心裡一定還在擔心美麗的事情。

「在去之前，你們先取個英文名字吧，不然叫痞子德、罩哥、吳孟宅多土呀！」

見我們三個點頭答應後，洋介老師繼續說：「我都幫你們想好了，罩哥你就叫『羅密歐』，痞子德你就叫『布萊德』，而吳孟宅你就叫『傑克』。以後你們三個人就組成一個團體，叫做『好神幫』，代表你們三個能夠完成改造，成功地化身為型男，實在是太神奇了。怎麼樣？這個點子不賴吧？」

「我贊成，布萊德這名字比痞子德好聽多了，這個主意真是好呀！」痞子德開心地說，似乎自從洋介老師開始教他彈吉他後，他再也沒有違逆過洋介老師所說的話了。

「我沒差。」罩哥說。

「我也贊成。」我說。

「既然大家都沒問題，那我們還等什麼，走吧。」痞子德一副迫不及待的樣子。

洋介老師點點頭後，我們五個人便立即驅車前往一家號稱是全台最大規模的夜店。

一到夜店門口，由門口兩位老兄一一驗過我們的身份證後，接著我們便下了一個樓梯，進到一個黑色大門內。

才剛進門，震耳欲聾的音樂便迎面襲來。裡頭燈光五光十色，霓虹燈一閃一閃的，看了令人目眩神迷。

舞池裡萬頭鑽動，每個人都隨著音樂不停地扭腰擺臀，盡情的狂歡。一旁的包廂座位上，大家三五成群地聚在一起大聲地嬉笑怒罵，喝酒的喝酒，划拳的划拳。

吧台內一位看起來相當年輕的英俊酒保，此時正賣力地甩動著酒瓶，而坐在他前方的一群女生，則目不轉睛地瞪大眼看著。

我就像個初見世面的毛頭小子，對眼前這個只在電視上看過的場景，感到相當的興奮。而空氣中瀰漫著一股濃烈的酒香，更是讓我未飲先醉。

洋介老師低頭看了一下錶，對我們說：「現在是十點十五分，一個小時後我們在吧台旁集合，沒問題的話大家就散。」

痞子德看著秋香說：「那妳要做什麼呀？妳可別跟在我身旁壞我好事唷。」

「我幹嘛跟著你呀，我可以自己一個人去玩，還可以陪洋介老師跳舞呢。」

秋香接著轉過頭對洋介老師說：「老師，走，我們去跳舞。」說完便將老師拉進舞池，開始扭腰擺臀起來。

沒想到秋香舞跳得還真不賴，而她身旁的洋介老師更是讓我們為之驚豔，想不到洋介老師跳起舞來居然是如此的狂野，完全令人無法相信他是一介師表。

我見痞子德瞧洋介老師的眼神，他對老師的崇拜似乎更甚了些。

「我去吧台那邊。」罩哥說完便往吧台的方向走。

「我也要去吧台。」

痞子德也跟著過去，不過卻坐在距離罩哥很遠的位置上。

看來他們都出擊了，那我也趕快開始行動吧。

我擠進舞池中，一邊跳著舞，一邊尋找著目標。

沒多久，我身旁便黏過來三位穿著養眼的年輕辣妹，她們就像花蝴蝶一樣，在我身旁不停地轉來轉去，眼神並不時對我秋波頻送。

我對眼前正對我舔著唇、熱情挑逗的辣妹說：「嗨，我叫吳……」

我突然想起我已經有英文名字了，於是改口說：「我叫傑克，這位美麗的小姐，可否讓我知道您的芳名？」

眼前的濃妝辣妹對我魅惑一笑並說：「嗨，我叫蒂芬妮。」

旁邊的兩位辣妹也跟著報上名字，站在我左前方的大胸部辣妹說：「我叫茱莉，很高興認識你。」

而右前方的短髮辣妹則帶著濃濃的酒氣對我說：「帥哥，我叫菲菲，你可千萬別忘記我的名字喔。」

「蒂芬妮、茱莉、菲菲，這麼好聽的名字我怎麼可能忘記。」邊說的同時，我邊使出渾身解數向她們放電。

茱莉被我電得臉整個漲紅；蒂芬妮則不時與我暗中較勁，不停在我面前搔首弄姿，擺出各種撩人姿態；而菲菲似乎酒喝多了，臉不僅紅得像關公，甚至還不時往我身上倒。

「既然我們這麼有緣，不如互留個電話吧。」我提議。

她們三個聽完開心地停止了舞動，和我站到舞池旁，拿起手機開始互留電話。

我一一將她們的名字及電話輸入到一個新群組裡，輸入完她們的，理當我也該把我的電話留給她們。但是我實在不想惹太多麻煩，恰巧夜店在地下室裡手機收不到訊號，於是我就非常奸詐地將痞子德的電話留給她們。

反正我的目的只是要她們的電話而已，又不是真的想認識她們，況且我這麼做痞子德說不定還會感謝我呢，何樂而不為。

她們存好我的電話號碼後，原本想立即撥給我看看，但我提醒她們這裡收不到訊號，她們才作罷。

接著她們三個持續纏著我，一會兒要拉我去喝酒，一會兒又叫我帶她們出去兜風，盧了好久，總算才擺脫她們。

我看向吧台，此時罩哥和痞子德身旁圍了好多女生。

慘了，如果我再不快點的話，我就要輸給他們了。於是我更努力地往舞池裡鑽，要到電話後就馬上找藉口快閃。

就這樣一個小時後，我們回到了吧台旁集合。

洋介老師意猶未盡地從舞池的花叢堆中回到了我們身旁，開始進行驗收。

在我們三個的激烈競爭下，要到最多電話的人是痞子德，我次之，而罩哥則最少。

結果出爐後，洋介老師對我們的成果感到相當滿意，因為我們三個平均每個人就要到了三十多個妹的電話，這個數量實在是相當驚人。

結束了這場期末測驗，代表著我們這學年的社課也就到此為止，最後就剩下禮拜的成果展。

從夜店回到宿舍後，原本我還在為留的是痞子德的電話，替自己省去了不少麻煩，而感到沾沾自喜，但是……

錯！

不知怎麼回事，接連好幾天我一直接到不知名女生的來電。

她們在電話中一副跟我很熟的樣子，好多人還怪我怎麼把她給忘了。

在不停被騷擾的情況下，我才知道原來罩哥把我的電話留給了夜店的那些女生，而痞子德則留了罩哥的電話，難怪這些女生一拿起電話就叫我羅密歐。

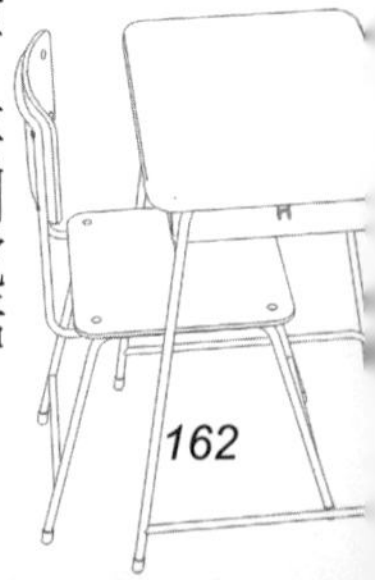

三個人互相陷害的結果就是電話接個沒完，且還要被那些女生埋怨，這真是自作自受。

成果展前兩天，我們六個人與洋介老師聚在校外一家餐廳吃飯，討論著接下來一週的成果表演。

大家一定很好奇我們的成果表演究竟要做些什麼？就讓我來解釋一下。

成果展為期一週，由我們三個輪番進行表演，罩哥會進行投籃秀或實際來場比賽，痞子德表演彈吉他，而我和綺綺則是跳國標舞。

讓大家看到我們三個人的蛻變，就是這個成果展的主要目的。

今天大家在進行最後一次的討論與確認，包括場地、服裝、音樂……等。

此時我們三個的臉上，都一臉興奮的表情，因為我們即將讓全校的人都看到我們的轉變。

我只要想到從前那些恥笑過我的人，瞪著大眼露出一副不敢置信的樣子，我就樂得不得了。

另一方面，美麗自從被我們大家知道她男朋友會毆打她的事後，便再也沒聽說過她倆之間的事情。而罩哥也像個悶葫蘆似的，一被問到美麗與她男友的事，他就不再說話，令外人摸不著頭緒。

＊＊＊

成果展開始起跑的第一天，由罩哥率先表演。

這天早上十點在ＱＯＯ球場，罩哥首先要來個個人投籃秀，緊接著下午兩點會進行一場五對五的籃球賽，我們其他人到時都會到場協助。

現在我跟痞子德正站在球場上，等會兒我們倆會輪流傳球給罩哥，讓他進行投籃表演，來展現他各種不同的帥氣英姿。

在這裡順帶提一下，我曾問痞子德為什麼這裡要叫做ＱＯＯ球場？

結果他回答：「因為……『酷』啊！」

當下我整個無言，不過今天到了現場，看到罩哥英姿煥發的模樣，我也忍不住想說：「酷耶！」

時間一到，場邊便擠滿了許多人，大多是路過的人臨時過來摻一腳的，尤其以女同學為多。

女同學們看著我們直問旁邊的人說：

「好帥喔，他們是誰呀？」

「我們學校有這麼帥的人，我怎麼以前都沒看過？」

「到底是誰呀？」

「妳看，那個拿著籃球的男生好有型喔。」這女生指的是正拿著籃球的痞子德。

一旁的女生則說：「可是我比較喜歡那個穿球衣的男生耶，他看起來超帥的。陽光照在他臉上，他露齒一笑，那潔白的牙齒便立即閃出耀眼的光芒。我的天呀，他怎麼可以這麼的陽

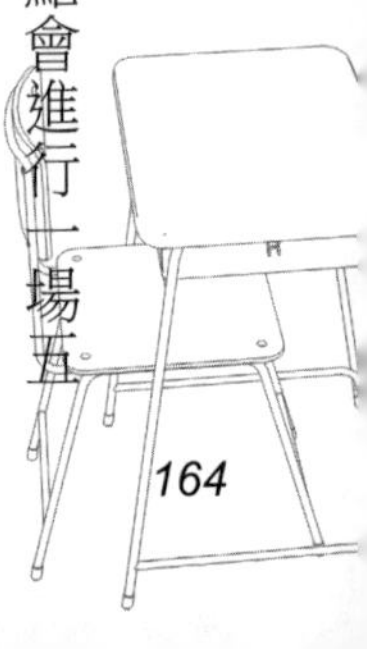

光！」她說的正是今天的主角罩哥。

「對呀對呀，我們正前方的這個男的也很帥耶，雖然這個角度只能看到側臉而已。」

這次輪到我了，雖然改造完後就經常聽到許多人這麼的誇讚我，但還是百聽不厭，聽得我很過癮。

「哪裡哪裡？我看看。」

旁邊的女生頓了一下後，繼續說：「真的耶！他也帥斃了，他們到底是誰呀？」

耳邊不時傳來讚嘆聲及詢問聲，整個場邊鬧哄哄的。

這時，我們的主持人洋介老師走到了球場中央開始說話：「大家稍安勿躁，稍安勿躁。」待場邊安靜下來後，他才繼續說：「大家好，我是宅男改造社的指導老師——鬼塚洋介，今天是我們社員羅密歐的成果表演，他所要表演的項目是籃球。」邊說老師邊將手指向罩哥。

罩哥向場邊的眾人揮一揮手，立即引來更多的讚嘆聲，還有許多女生頻頻和他揮手說「嗨」呢。

「妳看，連老師都超帥的。」站在我後面不遠的女生說。

「天啊，我快不行了，實在是太帥了！」旁邊的女孩虛弱地說。

洋介老師接著一一介紹到我跟痞子德，場邊的反應一樣相當地熱絡。

此時的我覺得非常地驕傲，還記得上次站在眾人面前的日子，那一天我永遠也不會忘記——被雞蛋與垃圾洗禮的殘酷舞台，當時大家鄙夷的眼神，至今仍歷歷在目。

如今真是十年河東，十年河西，大家肯定無法相信，我們就是當初那三個被他們罵到臭頭的死阿宅。

此時，洋介老師繼續介紹到我們的團名——「好神幫」，沒多久場邊便一致地喊了起來：

「好神——好神——好神——

羅密歐，你好神。

布萊德，你好神。

傑克，你真是太神奇了！」

大家齊聲高喊，聲音傳遍校園各個角落，許多教室大樓裡的學生，都紛紛探出頭來往我們這邊張望。

我想從今日起，我們便要從沒沒無聞的小卒，一躍成為大家茶餘飯後的閒聊話題了。

洋介老師比了個手勢要大家安靜後，開心地說：「很高興大家這麼的支持我們，我很感動。」

洋介老師似乎真的被感動了，他抹了抹眼角的淚水，接著宣傳了一下我們的表演時間及內容後，很快地，就輪到我們今日的主角罩哥登場。

其實個人投籃秀的表演很簡單，就是我們丟球給罩哥，讓罩哥用不同的方式上籃或投籃。

罩哥今天的投籃狀況十分良好，老實說我也很意外罩哥的表現比我想像中還要優異，命中率幾乎到達百分之九十。

他每投進一球，場邊的女生就會熱情的尖叫、拍手，雖然不時也會聽到有些眼紅的男生涼涼地說：

「那也沒什麼嘛，我也會呀。」

「有什麼了不起的，妳們這些女生真是愛大驚小怪。」

但是說這些話的男生，很快便被殺人目光所包圍，甚至被「蓋布袋」圍毆。

整個表演結束，罩哥已經滿身大汗，雖然我跟痞子德也都流了些汗，但都沒罩哥來的多。

等洋介老師一宣告表演結束，我們三個便被許多熱情的女生給包圍，遞水的遞水，擦汗的擦汗，要簽名、要照相、要電話的通通都有。

綺綺、美麗及秋香她們都不知道被人群給擠到哪去了，而我們三個則個個應付不暇。

隔了許久，包圍著我們的女生總算散去，我這才吸到一口新鮮的空氣。

綺綺、美麗及秋香她們臉色不大好看地正坐在場邊擦著一顆顆的籃球，見我們總算有空和她們說話，秋香馬上調侃說：「唉，我看從今以後他們可能會忙到沒空理我們了。」

「對呀，但見新人笑，那聞舊人哭。」美麗邊說還邊瞪著罩哥。

「球我們幫你們擦好了，剩下的自己收吧。」

綺綺擦完最後一顆球後，頭也不回地拉著秋香跟美麗走了，秋香臨走前還回頭哼了我們一聲。

球場裡留下面面相覷的我們三人，我們到底招誰惹誰呀？

收好球後，我們打給她們三個，約她們一起吃午餐。

一開始她們還是不太高興，不過就在我們既無辜又帶點哄騙的語氣下，她們總算是答應了。

＊＊＊

下午的五對五籃球比賽也進行得很順利，罩哥找來了他認識的球友來ＰＫ，最後比賽在他精湛的球技下劃下了完美的句點。

罩哥打到最後整件球衣都脫了下來，露出黝黑結實的上半身，結實的肌肉再加上汗水的加持下，散發出一股獨特的男性魅力，令在場所有女生兩眼發愣、口水直吞。

賽後一堆女生又從四面八方湧了上來，她們在我們耳邊嘰嘰呱呱地直問個不停。

突然，有位女生問罩哥：「有女朋友了嗎？」

「沒有。」罩哥語出驚人地說：「不過我已經有喜歡的人了。」一說完便聽見現場唉聲嘆氣不斷的聲音。

接著這名女生又不死心的問：「是誰？」

罩哥笑而不答。

「她有我漂亮嗎？」

「沒有。」

那名女生露出了開心的笑容，但罩哥接著卻說：「不過她在我心中卻是最漂亮、最美麗的。」那名女生臉上的笑容瞬間垮了下來。

我們幾個在聽到罩哥自白說有喜歡的人的時候，心裡多少都有點譜，紛紛轉過頭去望向美麗。

美麗見我們幾個都在看她，她不好意思地紅著臉跑走了。

＊＊＊

第二天輪到痞子德彈吉他，痞子德抱起吉他的樣子真是帥到一個不行，連我也不敢相信一年前的他，連吉他該怎麼拿都不曉得呢。

而今的他，不僅能彈奏出美妙且扣人心弦的旋律，有時也會高歌一曲唱些慢歌。且不論快歌、慢歌他都能彈，甚至還接受現場點歌。

有位男同學還因此拜託痞子德幫他伴奏，讓他在眾人面前和他女朋友求婚，女朋友當場嚇到，雖然最後女方含淚點頭答應了，不過她的眼睛卻始終直盯著痞子德看。

多半痞子德在表演時，彈奏的歌曲都是有點淡淡哀愁的，走的就是憂鬱氣質男路線，而台下圍觀的女生除了邊聽邊掉眼淚之外，也會在旁不時地詢問：

「他為什麼看起來這麼地哀傷？」

「他一定受過感情的創傷，真令人值得同情。」

「好可憐喔，人長得這麼帥說。」

「真想多了解他。」

「我看他一定是在強顏歡笑。」

我聽到都快笑翻了，各種說法通通都有，我只能說大家還真會瞎猜，完全沒人猜到他只是很會演而已。

第三天，輪到我跟綺綺上場表演，我們換上租來的舞衣，一看見綺綺換上舞衣的樣子，我的眼睛便為之一亮。

華美的舞衣襯托出綺綺姣好的身材，也使得她看起來豔麗十足。

我們兩個合作無間，表演著一首接著一首的輕快曲子，縱然場邊有許多人在觀看，但我目光的焦點卻始終鎖定在綺綺的身上。

每當綺綺在我的帶領下，轉著一個個圈子時，我便在內心呼喚著：

「轉吧，綺綺，為我而轉。」

「笑吧，綺綺，為我而綻開笑靨。」

我覺得時間、空間通通都在此刻凝結，只留下我們兩個緊依著對方而舞，這是個只屬於我們的兩人世界。

第四天及最後一天，我跟痞子德、罩哥接力上場表演，隨著表演的次數越多，我們的人氣越旺，名聲也越來越大。

場邊不時喊著：「好神——好神——好神——」

我們的人氣水漲船高，沒幾天我們就瞬間爆紅，校園新聞裡都是關於我們的頭條報導，走

在學校也時時受到大家關愛的眼神。

雖然我享受著高人氣所帶來的虛榮感，但是太過被眾人注意也造成我許多困擾，例如隨時要注意自己的言行舉止，還要很有耐心地對待愛慕我的女生。

而這些粉絲們也造成了綺綺的困擾，例如粉絲們最常問的就是：「她是你女朋友嗎？」我內心多渴望能大聲說：「yes，她就是我的女朋友。」

但畢竟我都還沒告白呢，如果引起綺綺的反感，那我可就頭大了，於是我小聲地回答：「不是。」

「不是啊，那真是太好了。」問我的粉絲開心地手舞足蹈。

開心個屁呀，這樣一點也不好！

反正等成果展結束，我就來個告白，是好是壞就等那一刻了。

很快地，最後一天的最後一場表演，綺綺換上一套令人足以噴鼻血的舞衣，讓我兩隻眼都不知該擺哪好，再加上我一直在想著告白的時機，因此我一整個心神不寧。

上台後開始了我們的舞蹈。

我邊看著綺綺一臉陶醉在跳舞歡愉氣氛下的模樣，邊在心裡想著：「或許這是我們跳的最後一支舞了，也或許這支舞之後又是一個新的開始。」

在心裡轉過好幾個念頭後，我終於下了決定。

當音樂來到尾聲時，那時會有個舞步是綺綺跳得離我很遠很遠，最後她會從遠方衝回來，由我將她高高舉起，做一個完美的 ending pose。

我趁著跟綺綺貼得很近的時候，突然鼓起勇氣問她：「綺綺，當我的女朋友好嗎？」

綺綺微微一愣，但很快便恢復了冷靜，並低聲斥責我說：「現在正在表演耶，你專心一點！」

我不顧她的話，繼續說：「如果妳願意的話，那麼妳就和我一起完成 ending 的動作；如果不願意，那麼妳就直接轉身離去。」

「你……」

當綺綺還想對我說些什麼時，很快地，最後的音樂來了。

隨著音樂，綺綺跳得離我很遠很遠，我看著她遠離的背影，心中真是既期待又怕受傷害。

突然，綺綺背對著我停了下來。

她不再跳舞，也不回頭看我，她就只是一動也不動地站在那。

我心中一沉，隱約知道答案是什麼了。

好吧，就這樣離去也好……

就在我心情盪到谷底時，綺綺旋即一個轉身，以飛快的速度向我奔來。

我看見她在笑，而且笑得很燦爛。

我知道答案了，我露出大大的微笑，伸開雙臂迎接她，並將她高高舉起，結束這首曲子，也結束多年來我孤單一個人的生活。

結束後，我將綺綺放了下來，我倆相視而笑。

我內心真是開心得不得了，但又有點不敢置信，感覺像在作夢一樣，我伸手用力捏了捏自己的臉頰。

好痛，不是夢。

我看著綺綺問：「妳真的願意當我的女朋友嗎？」

綺綺笑說：「這個答案我剛剛已經回答你了。」

我整個人情緒激動，欣喜若狂地抱著綺綺在空中轉了好幾圈。

原本一旁準備要蜂擁而上的女粉絲們，在看到我瘋狂的舉動後，都不敢太過靠近，以防遭到綺綺的天外飛來一腳。

痞子德及罩哥他們從人群中擠了進來，來到我和綺綺的身旁。

痞子德笑著說：「我好像嗅到什麼不尋常的事喔！」

罩哥指了指我，然後又指了指綺綺說：「你們……該不會……」

「綺綺，妳該不會想不開吧？」秋香驚訝地用手指著我，綺綺紅著臉點了點頭，接著便聽見秋香叫了一聲：「天啊！」

「你什麼時候跟綺綺告白的？」美麗問我。

「就在剛剛。」說完我得意一笑。

「你太卑鄙了喔，怎麼可以搶先我先交女朋友！」痞子德抱怨。

旁邊一堆女粉絲們，在聽到我跟綺綺變成了男女朋友後，都不禁露出失望的表情。

人群中，一個高挑的身影擠了進來，她緩緩走到我面前說：「唉唷，我還以為是誰呢？你不是之前很喜歡我的小宅宅嗎？我差點認不出你了。」說話的人正是許久不見的公主。

女粉絲們一聽完她的話，都露出厭惡的神情，公主不理會其他人，繼續對我嗲聲說：「怎麼？不認得我了嗎？」邊說她邊用手指在我胸前畫著圈。

從頭到尾我都面無表情地看著她。

公主見我不理她，轉身向我身旁的綺綺哼了聲說：「長得不怎麼樣嘛。」

「妳！」

旁邊的美麗與秋香都準備衝上來揍她，但卻被罩哥與痞子德給攔了下來。

秋香氣得甩開痞子德的手說：「幹嘛阻止我，讓我好好修理這個不要臉的女人。」

美麗也氣得跺腳大叫：「你們幹嘛護著她？你該不會喜歡上她了吧？」最後一句是對著罩哥說的。

正當罩哥、痞子德還在跟氣頭上的美麗及秋香解釋時，綺綺面無表情地拉著我說：「我們走吧。」

突然一個手勁，綺綺拉著我的手居然被公主給硬生生拍掉，公主氣沖沖地對綺綺吼說：「我都還沒跟他說完呢，妳拉什麼拉呀妳？」

說完轉頭換了張臉，溫柔地對我說：「我肚子餓了，我們一起去吃飯吧。吃完呢，看你想去哪都行。」語氣帶點曖昧。

看著綺綺委屈的模樣，我強忍著怒氣對公主說：「對不起，我已經有女朋友了，妳找別人吧。」

「對呀，人家都有女朋友了，妳還賴在這幹嘛？」

「真是不要臉。」

「快走吧妳，別在這丟人現眼了。」

旁邊的女粉絲們紛紛要公主趕快滾蛋，可是公主非但不走，還惡狠狠地指著我的鼻子說：「本小姐要跟你吃飯是你的榮幸耶，你居然敢說不？你眼睛瞎了是吧？」

我不慍不火地回答：「我之前的確是眼睛瞎了，所以那時才會那麼的喜歡妳。」

公主聽完氣得直跳腳，她歇斯底里地說：「好好好，你們給我記住，今天我所受到的屈辱，我一定會加倍討回來的。」說完她頭也不回地離開了。

我回頭望著綺綺溫柔地問：「妳沒事吧？」

綺綺淡淡地說：「沒事。」

痞子德跳出來說：「我看我們以後可要小心點，你們知道公主她的男朋友是誰嗎？」

罩哥問：「誰呀？」

痞子德說：「就是金城三少裡的小霸王，本校創校人的兒子——金大亨。」

秋香驚訝地說：「怎麼又跟金城三少有關呀？」

痞子德擔憂地說：「我看我們跟他們的樑子這下可結大了，有一天他們一定會找上門來的。」

罩哥說：「怕什麼？兵來將擋，水來土掩，我們根本不用怕他們。」

美麗面露懼色地問：「不會有事吧？」

「不怕，我會保護妳的。」

罩哥拍拍胸脯向美麗保證，聽見罩哥的保證，美麗的臉便紅了起來。

痞子德揶揄地對美麗說：「我發現最近有人特別容易臉紅喔！」

秋香也幫腔說：「吼……有問題。」

罩哥和美麗被問得一臉尷尬，我趕緊出面替他們緩和：「你們別再鬧他們了啦。」

這時，綺綺開口說：「我看金城三少他們一定會有所行動的，我們只好到時候再看情況見招拆招嚕。」

我也說：「對呀，現在擔心也沒有用。」

大家意見達成一致後，我們便一起去一家美式餐廳，慶祝成果展的圓滿落幕。

第八章

慶祝過後，馬上就是酷熱的暑假來臨。

由於暑假學校餐廳的飲料店生意清淡，不需要這麼多人手，再加上痞子德及罩哥約我一起到學校外面的一家日式餐廳打工，而我也想嘗試看看不同的工作環境，於是我便到飲料店跟老

闆請辭。

下午三點的學校餐廳裡，人煙稀少，許多店家都因為學生不多而暫停營業，準備等到學校開學時再來開店。但仍有幾家店家仍亮著燈，繼續努力奮鬥著，目標客群當然是鎖定暑假還留在學校宿舍裡的學生。

此時來消費的學生三三兩兩，再加上不是用餐時間，因此人潮更是少得可憐。飲料店裡只有老闆一個人在顧店，老闆是個和藹可親的中年男子。

他這時正翹著二郎腿坐在一旁的塑膠椅上，一邊來回地翻著手中的報紙，一邊無聊地打著呵欠。

一聽見腳步聲，他迅速起身說：「您好，要點什麼？」

「嗨，大叔。」

老闆一見是我，整個人熱情地擁抱了上來。

他問：「怎麼樣？成果展辦得如何？」

我才剛要說明，他卻突然伸手制止我說：「等等，你不用說了，校園新聞的頭條每天都有你的消息，可見一定是相當地成功，恭喜你呀。」說完他伸出右手。

我和他握手說了句：「謝謝。」

老闆接著問我：「什麼時候要回來繼續上班呀？自從你因為要忙成果展的事而請假之後，我這裡的生意就一落千丈，客人每天來這裡就是不斷詢問你什麼時候會來上班？有的還直接要我給她你的班表呢，你說誇不誇張？」

我不好意思地說：「其實我今天是要來辭職的。」

老闆驚訝地問：「怎麼會？是哪裡你不滿意嗎？」

我搖頭，他又繼續說：「不然我給你加薪好了，一個小時一百五十塊怎麼樣？」

我搖頭說：「不是錢的問題。」

老闆見我心意已決，他也無法再強留，於是他露出失望的表情，嘆了口氣。

「大叔，這樣吧，今天我再幫你做最後一天，就當作是感謝你這一年來對我的照顧。」

「真的？」

我點頭，老闆聽了樂不可支，開心地說：「真是太好了！那我還得趕快多叫幾個工讀生過來幫忙才行。」說完老闆趕忙翻開電話簿，叫了三個工讀生過來。

我換上店裡的制服，開始上工。

不久，就有三個女同學注意到我，她們開心地奔到我面前問：「你今天有上班呀？」

「對呀，今天是我在飲料店最後一天上班。」

「是喔……這樣我們以後就不能在飲料店找到你了……」三個女同學紛紛露出失望的神情。

「以後妳們在學校還是可以常見到我呀，別不開心了，女生要常笑才會保持年輕又漂亮。」

聽我說完，她們三個立即心花怒放，露出開心的笑容。

「渴不渴？要不要喝些什麼？」我問。

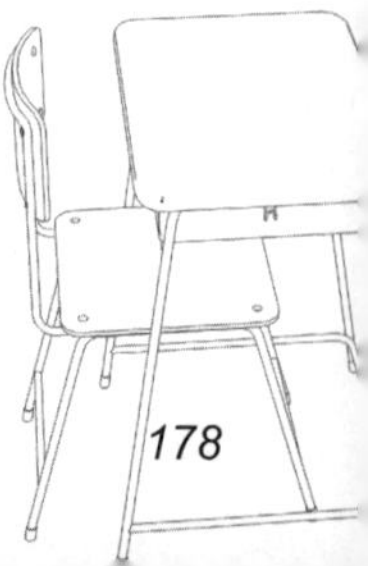

「你喜歡喝什麼?」其中一個女生反問我。

「我喔，珍珠奶茶。」

「那我要一杯。」

「我也要。」另外兩個女生跟著說。

「好，馬上來。」

趁我在調製奶茶的同時，她們三個女生便在一旁打起了電話，開始到處幫我宣傳：

「喂，茉莉，傑克今天有上班，妳們快點來。」

「校園記者嗎?他說他最喜歡喝珍珠奶茶，妳們要十杯是吧，好。」

「我待會要跟他照相，等等馬上傳給妳看。」

很快沒多久的時間，腳步雜沓的聲音便由遠而近傳來。瞬間，餐廳裡湧進了許多女學生，她們快步地往這間小小的飲料店衝來。頓時整間餐廳人聲鼎沸，儼然成為一個小型的菜市場。

「哇，真的是傑克耶!」

「好帥。」

「給我一杯。」

「請在我的飲料杯上簽名。」

幸好老闆臨時叫來的工讀生及時趕到，否則我真的會忙不過來。

一時間我們的飲料店生意爆好，每個工讀生的手沒有一刻是閒下來的。

老闆揮著扇子，坐在一旁的椅子上，笑得合不攏嘴，必要時，他的工作就是站起來幫忙大家按下快門。

「來，站好喔，一二三。」

喀嚓喀嚓的聲音不斷，我被閃光燈給閃得眼睛都快花了。一邊埋頭工作的同時，一邊還要不時抬起頭來露出微笑，比個勝利的手勢。

辛苦的一天總算過去，我結束了飲料店的工作，也領到了比原先高許多的薪資。

聽說飲料店老闆後來在徵人條件上，都會附上一條——面貌姣好者，待優。

＊＊＊

暑假我跟罩哥、痞子德到一家日式餐廳打工，體會了不一樣的工作環境，也學到了許多寶貴的經驗。

該餐廳也因為有我們三個的加入，營業額瞬間飆升，每個時段都要加派許多人手。老闆娘還問我們三個，她有意開一間男僕餐廳，想邀我們加入，不過我們三個連想都沒想便斷然拒絕。

男僕？聽起來就怪詭異的。

除了打工之外，我們六個人也時常一起去郊外踏青、去海邊戲水，一塊渡過我們的青春歲月。

我跟綺綺自從決定交往後，感情持續加溫。雖然綺綺有時會因我惹來太多桃花而感到不高興，但我都非常自重，畢竟我明白如果今天仍舊是以前的我，這些女生根本不會看上我一眼的。

當暑假接近尾聲時，我發現罩哥和美麗居然牽起手來。

在我跟痞子德的追問下，罩哥才坦承他跟美麗已經在交往。

「吼，你們真的很愛偷偷來耶。」痞子德揶揄說。

「這是低調，低調ok？」罩哥說。

「你們什麼時候交往的？美麗和她男朋友……不，是前男友……」我問。

「他們早就分手了啦，其實上次你們看到美麗全身是傷的那一次，那天美麗就是要去和林伯漢說分手的，但是林伯漢不願意，所以才打她。」罩哥解釋。

「喔……原來……」

我為美麗終於獲得解脫而感到高興，但又有點不放心地問罩哥：「你對美麗是認真的嗎？」

「你不是交過七、八個女朋友嗎？該不會這次也只是玩玩而已吧？」痞子德也問。

「不准，如果你是這樣的心態，我一定會揍飛你的，我絕對不允許我的好朋友被欺負。」

我嚴厲地對罩哥說。

「對呀，美麗這麼可愛，如果她感情再受到傷害的話，我們會很不捨的。」痞子德說。

「我這次是認真的。」

見我們一臉不信，罩哥繼續說：「過去，我都是在網路上交女朋友，網路世界是虛構的，等到真實相處時，我才發現我們之間有許多的不合適。但是這次並不一樣，美麗是真真實實的存在我的生活中，隨著逐日的相處，以及經歷過許許多多的事情後，我才發現我是真的很喜歡她。」

「哇，想不到你這麼認真！」痞子德哀怨地說：「唉，這下可好了，只剩我自己孤家寡人一個……」

「太好了，我由衷地祝你們幸福。」我開心地說。

「謝謝。」

暑假過後便是新學期的開始。

一開學，我們的人氣持續紅不讓，一走進校園就是眾所矚目的焦點。多虧了上學期的成果展，讓我們三個大紅特紅，全校無一不認識我們。

挾著高人氣的結果，就是走在路上三不五時都會撿到東西，我也不清楚她們是不是故意的，總之每次都會有女生在我面前掉東西。

「同學同學，妳的手帕掉了。」

「小姐，妳的手機忘了拿。」

「這位可愛的妹妹，妳的外套掉了喔。」

最扯的就是連人都會掉！

不，是迷路。

「您好，我是大一的新生，不小心迷路了，可不可以請你帶我去人文薈萃大樓？」

「請問您望城市大樓408教室要怎麼走？」

「保健室要怎麼去？」

「學校餐廳在哪？」

總之，連續好幾天我都扮演起導盲犬的角色，要帶著一個個迷路在校園裡的羔羊，幫她們找到她們所要去的地方。

沒幾天我便獲頒「校園熱心助人獎」，成為學校免費的帶路義工。

這天，我跟罩哥、痞子德一塊在學生餐廳用餐，邊吃邊聊一些生活瑣事。

身旁不時有人對我們投以關切的目光，但我們早已習慣，一點也不以為意。

「喂，你們三個原來在這裡啊。」

秋香的聲音從我背後傳來。

隨著秋香身影的出現，綺綺與美麗也端著食盤跟著出現在我們面前。

她們在我們身旁坐下後，美麗馬上開心地對我們說：「你們三個上榜了喔，恭喜呀。」

「上榜？」

我們三個一臉狐疑，完全不明白上什麼榜。

「年度校園風雲人物，你們三個包辦了前三名唷。」綺綺解釋。

我們三個先是一愣，沒多久便開心地跳了起來。

「妳是說真的？」痞子德一臉難掩興奮的神情。

「騙你們幹嘛？我們才沒這麼無聊呢。」秋香微微不悅。

我看著綺綺，綺綺笑著對我說：「是真的。」

「太酷了，沒想到我們居然也能成為校園風雲人物。」罩哥開心大笑。

「那金城三少呢？」痞子德問。

「被你們擠下去啦，只能屈居四五六名，我想他們現在一定氣得要死。」美麗說。

突然，遠方人群中傳來一陣吵雜聲。

「滾開滾開，叫你們滾開聽見了沒有！」

沒多久，人群中讓出一條路，幾個人大搖大擺地踏進了餐廳。

「就是他們，金城三少來了！」秋香看著帶頭的三個人說。

「嘖嘖，真是冤家路窄呀。」痞子德搖頭。

「是他！」

美麗看著緊跟在金城三少後面的男生，嚇得花容失色。

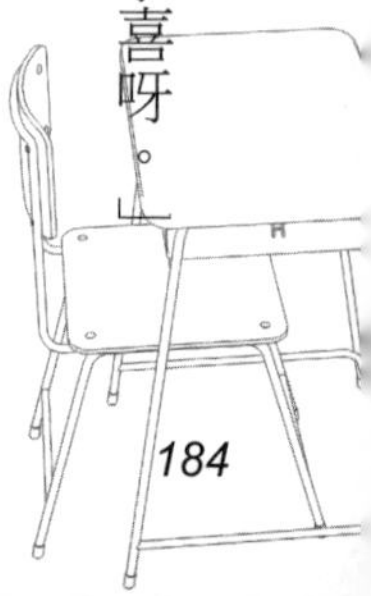

順著美麗的目光看去，那名讓她害怕的男生，應該就是她的前男友——林伯漢。

能夠讓兇悍的美麗害怕成這個樣子，我光是想像她身上可能遭受到的對待，便忍不住握緊了拳頭。

罩哥一見到林伯漢，表情就變得相當嚴肅，他拍了拍美麗的手背說：「別怕，有我在。」

跟在金城三少後面的，除了林伯漢之外，還有一個胖胖的男生，看起來也是跩得很。

「他怎麼也在這？」綺綺看著那個胖子皺起了眉頭。

「妳認識他？」我問綺綺。

「說不上認識，是在社團招生時遇上的，那時美麗跟他有點過節。」綺綺解釋。

「果然是一丘之貉，什麼樣的人會跟什麼樣的人在一起。」美麗瞪著那個胖子生氣地說。

這時，那個胖子的目光正好往我們這邊看，他一發現我們，便附在金大亨耳旁說悄悄話，邊說還不時邊往我們這看。

金大亨聽完，斜睨了我們一眼，便大搖大擺地向我們走近。

他們站到我們面前後，金大亨雙手抱胸，傲慢地說：「你們，很跩喔，知道我們是誰嗎？」

我們六個互看一眼，完全沒有人要理他，繼續低頭吃我們的東西。

「連我馬子你們都敢欺負，很大膽嘛！」金大亨說完還吐了口痰到我的飯菜裡。

眼看罩哥他們都氣得要衝了過來，我趕緊對他們使了個眼神，他們這才冷靜下來。

胖子見我們沒人理金大亨，索性一把將我們的餐桌給翻倒在地，飲料食物當場散落一地。

餐廳裡的學生都被這突如其來的巨大聲響嚇到，大家都轉頭看向我們這邊，現場頓時安靜得一點聲音也沒有。

林伯漢這時看到了美麗，他上前說：「美麗，原來妳也在這喔，看到男朋友也不過來打聲招呼。」

美麗兇巴巴地大聲說：「我們已經分手了，你不要再來煩我！」

「媽的，我沒說分手就不算分手，妳這個婊……」林伯漢話還沒說完，便感受到一道凌厲的目光，轉頭一看，罩哥正殺氣騰騰地瞪著自己。

頓時他的氣焰收斂不少，他站到金大亨身後，才大聲對罩哥說：「你想怎麼樣？又想打架喔？小心退你學。」

見罩哥的脾氣就要爆發，我趕緊起身，口氣很差地說：「你們到底想怎麼樣？」

站在金大亨左手邊，爸爸是市議員的錢小開說：「呸，我才不相信我們會輸給你們這三個不知道從哪冒出來的毛頭小子。」

林伯漢也幫腔說：「對呀，一定是網路上自己灌票，真不要臉。」

痞子德出聲說：「最好是，這是實力好不好，現在我們才是大家愛戴的對象，你們呢……已經是過去式了。」

金大亨他們聽完一臉鐵青。

站在金大亨右手邊，爸爸是百萬富商的葉三少說：「你知道我老爸是誰嗎？」

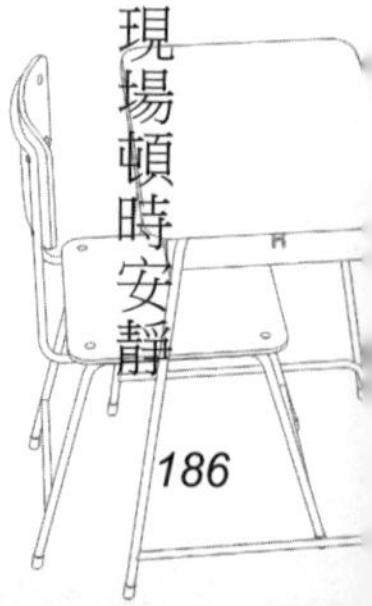

「是誰都不干我的事。」我答。

葉三少又說：「你知道我身上的襯衫、腳上的皮鞋多少錢嗎？你知道我開的是什麼車嗎？你們呢？你們算哪根蔥呀？想跟我們比，哼。」邊說的同時，他邊鄙夷地將我們全身上下打量了一遍，看得我渾身不舒服。

我不服氣的說：「民眾的眼睛是雪亮的，他們喜歡誰又不是我們所能決定，也許他們就愛我們這些不問出身，卻滿身才氣的無名小卒。」

「牙尖嘴利。」葉三少冷哼了一聲。

「如果你對我們的人氣有所懷疑的話，不然我們就現場來比比吧。」我提議。

「喔？你想怎麼比？」金大亨一副頗感興趣的樣子。

「我們就以目前在場的學生人數為準，雙方各站一邊，如果覺得我們當選「校園風雲人物」當之無愧的，就站到我們這邊。反之，認為你們比較適合的，就站到你們那邊，我們來比看看哪邊的人數比較多。」

「喔，有意思。」金大亨摸了摸下巴說。

「老大，你真的要跟他們比？」胖子問金大亨。

金大亨瞪了胖子一眼，胖子馬上閉嘴不再說話。

接著金大亨回頭看了看葉三少及錢小開，他們和他點了個頭後，金大亨便說：「好，我們就來比。」

金大亨對林伯漢及胖子說：「去把餐廳的大門關起來，不准其他人再進出。」

林伯漢及胖子得到指示後，馬上將學生餐廳的大門關上。

待大門「砰」的一聲關上後，我立即站上一張桌子，向餐廳裡的學生們大聲說：「各位同學，我想你們剛剛都聽得一清二楚了，如果你們支持我們的話，就請站到這根柱子的右手邊。」

我指著一根位在餐廳中央的白色柱子繼續說：「如果你們支持的是他們的話，就請站到另外一邊，沒問題的話，就請大家幫個忙，動一下身子吧！」

大家聽完便開始移動腳步，往他們所支持的那一方走去。

「你們不會贏的。」金大亨冷笑說。

「誰輸誰贏還不知道呢。」我說。

十分鐘過後，大家都已經站好定位。

其實不用數，光是目測我就知道我們贏了，因為站在他們那邊的人可說是少之又少。

我露出勝利的微笑，而金大亨在看到如此懸殊的差距後，整張臉漲得通紅。

惱羞成怒的他急著向我們這邊的人大聲喊話：「如果你們站過來我們這邊的話，等會兒一個人各發一千塊。」

聽到他這麼說，我大感訝異，其他人臉上的表情也都十分震驚。

沒多久，人群中便產生了一陣騷動，有些財迷心竅的人，臉上的眼珠子瞬間換上了金錢符號，飛也似的直衝進對方的領域。

眼看有一個人過去後，馬上有更多的人跟著過去。

就這樣，沒多久的時間，有一半的人背叛了我們。

我回頭望著這些不為金錢所動，仍直挺挺地屹立在我方區塊上的民眾，尤其有許多還是我之前飲料店打工時的忠實顧客。

他們個個都用堅定不移的眼神看著我，看得我真是熱淚盈眶、感動不已。

瞧再也沒人過去後，胖子立刻跳出來說：「我看你們還是自己先認輸吧。」

痞子德生氣地說：「你眼睛瞎了嗎？明明兩邊的人數差不多，不數數看怎麼會知道。」

於是我們雙方各派了自己的人馬上前去數人頭，十五分鐘後結果出爐。

57：57 雙方平手。

這個結果真是氣人，明明我們原本還遙遙領先的，不過對方似乎對這個結果也相當不滿，只見金大亨氣得踹了一旁的椅子一腳。

接著他指著我們大聲說：「你們行，好樣的。」

葉三少瞇著眼說：「我們，你們惹不起的。」

林伯漢這時跳出來，諂媚地對金大亨他們建議：「亨哥，既然今天平手，不如我們改天再比好了。」

接著他轉過頭，對我們陰險一笑：「聽說……他們很以他們的才藝為榮，不如我們就跟他們比這個吧。」

金大亨拍了一下手說：「好，就這個。我要在你們引以為傲的專長上打敗你們，讓你們再也抬不起頭來。哈，好呀，這個好！」

罩哥說：「憑什麼我們一定要奉陪？」

錢小開斜睨著眼說：「怎麼？你們不敢呀？如果不敢的話，你們現在就跪在地上裝小狗叫個幾聲來聽聽，或許我們還會考慮不跟你們計較。」

美麗氣得跳出來說：「你們真是狗眼看人低。」

罩哥趕忙將美麗拉至身後，用身體擋在她面前。

「妳是誰呀？這裡有妳說話的份嗎？伯漢呀……」

林伯漢聽見金大亨在叫他，立刻像隻聽話的小狗來到他面前，金大亨對他說：「我看你管教不周喔，你的女朋友欠教訓，給我好好管管。」

林伯漢聽完連聲說：「是是是，一定是我教訓的不夠，她才會這麼無法無天。」說完便用邪惡地眼神緊盯著躲在罩哥身後的美麗。

「她已經跟你分手了，你是聽不懂喔？你再敢動她，你給我試試看！」罩哥的額頭爆出了青筋，拳頭也跟著捏緊了起來。

我趕緊出聲說：「總之，你們就是想來場比賽是吧？籃球、吉他、國標舞可是我們苦練多時的強項，你們是贏不了的。如果你們這麼想輸給我們的話，我們也無所謂，奉陪到底。」

「喔？這麼有自信呀？那我絕對會讓你們輸得很難看的。」說完金大亨看了看身旁的葉三少及錢小開，三個人相視笑了起來。

葉三少邊笑邊對我們說：「不自量力。」

我說：「輸的絕對是你們。」

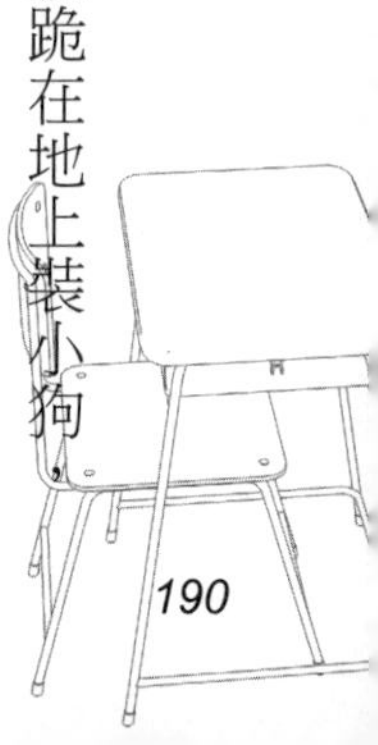

他們聽了我的話後停止了笑聲，金大亨對我說：「比賽就採三戰兩勝，第一場就先比籃球吧。這禮拜六下午一點半，學校QOO球場見。我們來場三對三鬥牛，人員自挑，贏的獲勝，規則很簡單吧。」

罩哥跟我同時說：「好，我接受。」

見我們這麼爽快答應後，金大亨對我們不懷好意地笑了笑。

接著他便轉身揮了揮手，胖子及林伯漢就到前面去幫他們開路，很快地前方讓出了一條路，金大亨與其他人便大搖大擺的離去。

臨走前還不忘回頭撂下一句：「到時可別嚇跑了呀！」

眼看他們走遠後，秋香跳出來朝金大亨他們離去的方向扮了個鬼臉說：「他們簡直是群流氓。」

綺綺面露擔憂地對我說：「不會有問題吧？我總覺得會有不好的事情發生。」

我說：「只是個比賽罷了，哪會有什麼問題？」

罩哥拍胸脯保證：「放心，我很強的。」

美麗輕聲說：「他應該會參加吧……」

大家都知道美麗在說誰，林伯漢——本校籃球校隊的主將，不用想他鐵定會參加的。

罩哥吃味地盯著美麗問：「妳希望他贏還是我贏？」

美麗害羞地搥了一下罩哥的胸膛說：「你在想什麼呀？當然是希望你贏呀！」

罩哥緊抓著美麗搥他的那隻手，認真地對美麗說：「如果妳希望我贏，那我就一定會贏。」

美麗看罩哥這麼認真的樣子，臉紅得像一抹落日晚霞，空氣中瀰漫著一股膩死人的甜蜜，惹得一旁的我們尷尬得不得了。

這時，門口又傳來一陣吵雜聲。

我問：「外面在吵什麼呀？」

不久，就有幾個人從餐廳門口走了進來，他們兩手高舉著一張千元大鈔，開心地說：

「真爽，這麼簡單就可以賺到一千塊，這種好康真希望能常常有。」

「對呀，金城三少還真是闊綽，撒錢不手軟，簡直就是我們的財神爺。」

我看了他們一眼，原來他們就是剛剛半途倒戈，投靠到對方的人。

看著他們親吻著鈔票的模樣，我心裡不禁感嘆：「真是人情冷暖、世態炎涼啊！」

第九章

星期六下午一點半不到，我們便已經出現在學校的ＱＯＯ球場。

一到球場，現場已經人山人海，整個場面相當浩大。專業的評審，熱力四射的啦啦隊表演，還有校園特派記者在現場ＳＮＧ連線。

其實早在還沒到達球場的路上，我們就可預見全校是多麼的關注這場比賽。

沿途所經過的校園看板上頭，都貼滿了關於這場比賽的海報。海報上頭有著罩哥與林伯漢的兩張臉，兩人怒目相視，一臉殺氣騰騰，而夾在兩人中間的籃球下方，還寫上了大大的PK兩個字，另外最下面則是比賽的場地及日期。

除了海報之外，學校更派出許多工讀生，在校園各個角落發起了報紙，頭版當然是這場賽事。

我們四處可聽見：

「號外，號外，羅密歐對戰林伯漢，本校最強的籃球對決即將開打，不看可惜，不去惋惜。」

「羅密歐對戰林伯漢的戰鬥力分析，大家快來預測誰是贏家，現在賭金已經上看十萬了。」

「現在現場已經沒有座位了，不過我們有派專人佔了十個位子，想要近距離觀賞這場龍爭虎鬥的，一個座位一千，要搶要快。」

「望遠鏡……來買支望遠鏡吧，這款望遠鏡可以讓你零距離地貼近你所支持的球員。」

「爆米花……熱狗……汽水……」

這些宣傳聲、叫賣聲在校園裡此起彼落，路上大家都沸沸揚揚地談論著這場賽事，瞧大家一副熱血沸騰的模樣，弄得我也跟著緊張了起來。

綺綺見我一臉緊繃，她握著我的手說：「又不是你要比賽，你在緊張什麼呀？」我反掌握住她的手說：「我在替罩哥緊張，比賽的聲勢會不會也太浩大了一點。」

痞子德突然從背後用胳膊勒住我的脖子說：「不用緊張啦，罩哥一定會贏的，我已經迫不及待想看金城三少他們出醜的樣子了。」

秋香從痞子德身後探出腦袋說：「沒錯，他一定會贏的。不過我很好奇除了林伯漢之外，另外兩個會上場的球員是誰？是金大亨嗎？我想一定不可能，他看起來完全沒有一點運動細胞的樣子。」

綺綺說：「應該不會是他。」

我掙脫痞子德的手，邊摸著剛獲得自由的頸子，邊說：「不管是誰上場，罩哥絕對會贏的，就讓我們在一旁拭目以待吧。」

雖然我嘴上這麼說，但心中還是隱約感到不安，他們絕不會讓我們贏得那麼輕鬆的。

我們各自在VIP座席上坐下後，目光就一直在場中逡巡著，眼看比賽還剩十五分鐘就要開打，但對方的人馬卻還沒出現。

轉頭看向場邊的罩哥和他的兩個隊友，他們先聚在一起討論了一下戰術後，接著便開始做起暖身運動。

美麗除了在一旁協助罩哥舒展筋骨外，也幫忙加油打氣，讓罩哥能減緩一些緊張與壓力，不過罩哥的臉上完全看不出有任何緊張的感覺，他倒是很輕鬆，不時還會轉過頭跟場邊的球迷打招呼。

離比賽開始剩最後倒數五分鐘，但對方仍遲遲未出現，場邊有些民眾已經開始感到心浮氣躁，不斷地交頭接耳，猜測著這場比賽會不會取消。

不過這些臆測都是多餘的，因為沒多久，一台加長的黑色賓士轎車便由遠而近緩緩駛進球場內。

在驅散掉一些擋路的民眾後，賓士轎車就這麼大搖大擺地停在了球場中央，大家都好奇地看著這一幕，也都屏息以待地等著即將下車的人。

「啪！」

隨著車門開啟的聲音，一隻腳從車內跨了出來，緊接著一位穿著西裝的陌生男子站了出來。

下車後他馬上從後車箱拖出一捲紅地毯，迅速地鋪在地上後，接著來到車門旁，畢恭畢敬地打開車門說：「少爺，球場已經到了，請下車。」

金城三少他們這才從容不迫地下車。

「有沒有搞錯？會不會太誇張了？」痞子德說。

「裝腔作勢。」秋香哼聲說。

只見金城三少個個西裝筆挺，全身上下都是名牌，完全看不出是要來打球的。

正當我心裡感到納悶時，另個車門也被打開了，這次下車的人除了穿著一身火紅球衣的林伯漢之外，還有兩個也是穿著同樣款式球衣的高大男子，年紀看起來明顯比我們年長些，手臂上的肌肉線條更是令人忍不住多看幾眼。

觀眾在看到即將代表金城三少比賽的球員時，大家臉上的表情除了震驚還是震驚。全場靜默幾秒後，接著就爆出了瘋狂的尖叫聲，場邊的人全都騷動了起來。

金城三少露出了得意的笑容，跟在後面的三位球員則舉起手，輕鬆地和大家揮手微笑。

他們走到自己的休息區後，胖子和其他幾位看起來也是小弟的人，連忙遞水、搧風、按摩搥背。

一個窈窕的身影出現在金大亨的身旁，正是他的女朋友——公主，她一出現，胖子便搬來椅子給她坐。

公主一屁股坐下後，便往金大亨身上黏去，表現得像個柔順聽話的小女人般。

金大亨擁著公主，美人在抱，又有如此排場，他當然眉開眼笑，彷彿自己就像古代的君王一樣。

「大家是怎麼了？沒看過金城三少嗎？有必要驚訝成這副德性？」我問。

「你真的不知道他們是誰？」秋香驚訝地看著我。

就在我想答不就是幫他們打球的人而已時，痞子德已經出聲說：「站在那，留著三分小平頭的那個男的。」一邊說的同時還邊指給我看。

我順著痞子德所指的方向看去，只見對方長得濃眉大眼、高高壯壯，舉手投足間流露出一股王者風範。

我心想：「這個男的，我怎麼覺得好像有點面善，是不是在哪看過呀？」

痞子德瞧我似乎還沒認出來，便繼續說：「他是郭振宇，七年前曾就讀過本校，當時也是本校的籃球隊隊長。去年才剛進美國NBA為台灣爭光，當他所屬的球隊贏球時，報紙的體育版總是會有大篇幅的報導。」

聽痞子德這麼一說，我才明白，原來我就是在報紙上看過他，難怪這麼面善。

痞子德問：「不過我覺得很奇怪，照理說郭振宇不是應該在美國嗎？怎麼會突然出現在這裡？」

秋香說：「我記得報紙上有說他最近剛好會回來台灣一陣子，除了探望自己的父母外，順便來做一些公益活動。」

我指著站在郭振宇身旁，皮膚比較黑，一頭黑人辮子頭，臉上全是殺氣的肌肉男問：「那他又是誰？」

「他……」

痞子德本想解釋，不過綺綺卻搶先說：「他是曹勝軍，目前效力於台灣SBL蠻牛隊，雖然他的名氣沒有郭振宇來得響亮，新聞媒體對他的報導也不多，但他可說是一個具有相當潛力、前途無可限量的籃壇明日之星。」

痞子德點點頭接著分析：「郭振宇最擅長的就是瞬間切入上籃得分，在三分外線或是防守上也都可圈可點，可說是一個全方位球員。而曹勝軍則擅長抓籃板、籃下單打，再加上林伯漢這個眼觀八方、臨場判斷力佳的控球後衛，他們無疑可說是一支超強隊伍。」

秋香擔心的問：「那罩哥他們到底有沒有勝算？」

痞子德面露難色說：「我看很難，就算罩哥真的打得很不錯，但人家可是多年苦練出來的實力，穩定性絕佳，再加上長期累積下來的比賽經驗，想必馬上就能看出罩哥他們的弱點，進而加以擬訂作戰計畫……」

秋香打斷痞子德的話，焦急地問：「那你的意思是說他們輸定嚕？」

痞子德一時不知該如何回答這個問題。

我說：「就算他們很強又如何？罩哥說他會贏，就鐵定會贏給我們看的，我們應該對他有信心才對。」

大家聽我這麼一說，都不再說什麼，只是默默地點著頭，但臉上還是露出無比的擔憂。

雖然我嘴上說對罩哥有信心，但其實我一點把握也沒有，我只能在心裡默默地祈禱著奇蹟的出現。

場外一陣騷動，突然又有更多的人往這裡擠了進來，這次擠進來的人除了學生之外，還有一大堆校外的記者媒體。

攝影機好幾台在現場等著開錄，鎂光燈四處閃個不停，場邊被擠得水洩不通。

許多沒辦法擠進來的，甚至還直接爬到樹上或是附近的教室大樓，想一睹這場龍爭虎鬥，場面鬧哄哄誇張到一個不行。

在對方球員也簡單做了一下暖身運動後，比賽時間也到了。

一位穿著相當正式的男子，帶著麥克風走到了球場中央，講了一大堆廢話。

等他廢話完畢，場邊的工作人員、裁判也都準備就緒，在雙方球員彼此堆疊著手精神喊話一番後，都紛紛來到場中央準備開球的那一刻，場邊觀眾個個瞪著大眼、屏息以待。

隨著球被裁判高高地拋至空中，比賽也正式開始。

一開場對方搶得球權，以先發制人的優勢獲得了兩分，接著一路領先。

隨著時間一分一秒的過去，罩哥的表情越來越凝重，失誤也越來越多。

反觀對方，除了林伯漢感覺比較積極之外，其餘兩人就像在玩扮家家酒一樣，打得從容不迫、漫不經心，上半場結束我們就輸了十五分。

到了下半場，罩哥調整好情緒後瘋狂反擊，也許是對方覺得打得沒什麼意思，還是有意放水，雙方的分數逐漸拉近。到比賽最後倒數三分鐘時，分數總算追平。

打到後面，對方的求勝心似乎被罩哥激了起來，竟開始認真了。

比賽最後倒數兩分鐘，雙方在暫停的休息時間裡，一邊抹著汗水，一邊認真地討論著戰術。

金城三少他們似乎對能被罩哥給追平這件事，感到相當的不滿，不過郭振宇與曹勝軍根本不理他們，於是金城三少只能將不滿發洩在林伯漢身上。

只見林伯漢站在金大亨面前，一臉大便，沒多久金大亨便附在他耳邊不知說了什麼，林伯漢點點頭後，接著就轉身繼續上場比賽。

比賽繼續開始，場上觀眾的情緒已經沸騰到最高點，大家全都激動得站了起來。

郭振宇他們這時打得相當地認真，但罩哥更甚，他就像拼命三郎一樣，不斷地抄截、救球、搶籃板，臉上的表情一副要跟你拼命似的。

我們全都因罩哥執著的精神而感動，到最後我們全場的人幾乎都在為罩哥加油。

最後不到一分鐘，在85：85雙分平手的情況下，罩哥突然受傷了。

這個情況是罩哥在切入要自己帶球上籃時，防守他的林伯漢揚手奮力一拍，結果球沒拍到，卻往罩哥臉上狠狠拍去，罩哥瞬間「砰」的一聲跌坐在地上。

在我看來這顯然是故意的，雖然林伯漢一臉無辜，但回想起剛剛金大亨似乎對林伯漢交代了些什麼，我便猜測這一定是他們的陰謀，真是無恥！

我整個人因憤怒而全身顫抖了起來。

罩哥被隊友扶起後，地上立刻多了一攤血，鼻血正不停地從他鼻孔裡流出，血沾得他臉上、衣服、手臂都是，而罩哥的左眼似乎也受傷了，只能半瞇著眼勉強睜著。

這怵目驚心的一幕，弄得全場嘩然。

比賽因此而暫停，罩哥被扶下去止血，美麗則在一旁難過得頻頻拭淚。

然而就在此時，裁判突然宣布剛才林伯漢的那個阻擋不算犯規，甚至還判罩哥進攻犯規。

什麼跟什麼，大家一聽頓時怨聲四起，四周響起了「不公平」的聲音。

儘管有許多人不斷抗議著，但裁判仍不為所動，態度非常強硬，讓場邊群眾差點暴動了起來。

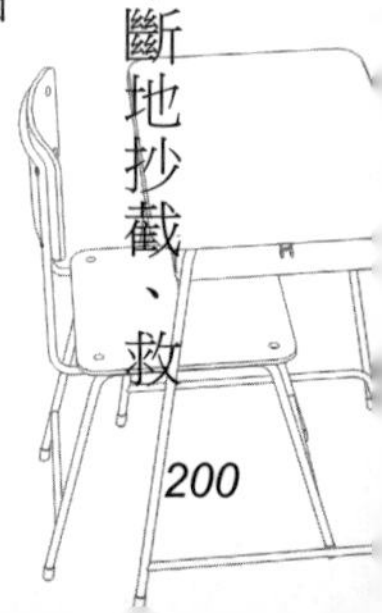

這時一隻手突然高舉在空中，出現在大家眼前。

是罩哥，他不顧好不容易止住的鼻血以及瘀青的眼角，他站起身，轉身面對大家。

大家見罩哥似乎要開口說話的樣子，全都靜了下來。

罩哥對著群眾高聲說：「大家不用替我抱不平，不管裁判的判決是什麼，我一定會努力打到最後一刻，而且我不只是要打完而已，我還要贏。」

罩哥信心滿滿，一臉鬥志高昂，場邊所有的人都為他鼓掌歡呼，大家無一不動容，就連對手郭振宇也忍不住替罩哥拍手，深感敬佩。

坐在休息區的金城三少個個鐵青著臉，敢怒不敢言地看著這一幕，連公主想要去討好一下金大亨，也馬上被一把給推開。

在罩哥的堅持下，簡單處理好傷口後，比賽又繼續進行。

由於剛才裁判判的是罩哥的進攻犯規，於是林伯漢便站上罰球線，準備罰兩球。

兩球都進，比數變成 85：87 落後兩分。

比賽進入最後倒數一分鐘，眼看計時器開始最後讀秒，全場觀眾都繃著神經、屏息以待。

罩哥在拿到球後開始展開快攻，但是對方防守得相當嚴密，絕不讓他有投籃的機會。

最後三十秒……最後二十秒……

最後十秒時，在團隊的互助合作下，終於創造出一個空檔的機會，讓罩哥在外線出手，最後這個三分球也不負眾望，以完美的拋物線精準地進球得分。

進籃的那一刻全場歡聲雷動，對方的球員感到相當不可思議，而金城三少則是氣得直跳腳。

比賽宣告結束，我們以88：87險勝對方。

我跟綺綺、秋香、痞子德高興得抱在一起，在原地直跳個不停。場中的罩哥、美麗以及他的隊友，也都高興不已。

但就在我們欣喜若狂的同時，裁判卻宣布球進不算，原因是罩哥在投籃時走步，並宣判比賽是85：87，對方獲勝。

大家聽完一臉錯愕。

走步？怎麼會？

金城三少這時露出了笑容，往我們這大搖大擺地走來，我想他們絕對是要來跟我們炫耀的。

但他們路才走到一半，忽然有人在用麥克風說話。

「大家好，我是郭振宇，今天很高興能來這打一場有趣的比賽。我很欣賞羅密歐，他表現得相當出色，而對於比賽結果，我想說幾句話。」

大家都紛紛轉過頭來看著郭振宇。

他接著繼續說：「羅密歐剛剛的投籃很棒，而且他並沒有走步，因為我兩眼一直盯著他看。而勝軍也認為他並沒有走步，不過如果裁判還是認為他有走步的話，那我們也只好接受。不過我承認，這場比賽他們的確打得很好，我認輸了。」

大家聽完郭振宇的話都驚訝得不得了，一個叱吒球場的明星球員，居然跟一個名不見經傳

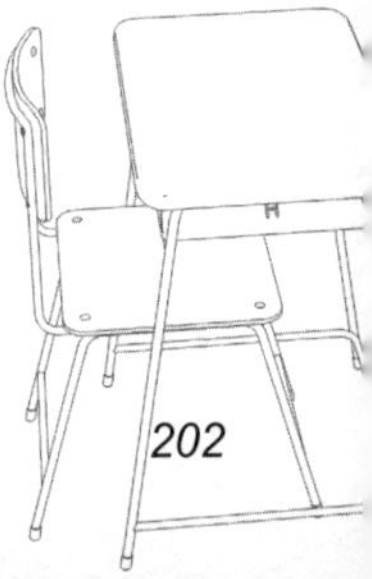

的毛頭小子認輸，令所有的人都大感詫異。

金大亨回頭對郭振宇怒吼說：「你在說什麼鬼話？明明就是我們贏了，你居然還跟他們認輸？」

郭振宇看著面目扭曲的金大亨，蠻不在乎地說：「我今天之所以參加這場比賽，本來就不是為了要贏而來的，能在這打一場精彩的比賽我就很滿意了，輸贏對我來說並不重要。」

「對你不重要，但是對我來說卻相當重要，你……」金大亨氣得滿臉通紅。

郭振宇打斷他的話，冷冷地說：「今天我是看在你父親曾經幫助過我的份上才來幫你的，我並沒有義務要聽你的話。」說完他和曹勝軍便在全場的歡呼聲，以及金城三少怨毒的目光中大步離去。

金大亨氣得摑了林伯漢一個巴掌，公主和胖子只能在旁默不出聲，以免慘遭池魚之殃。

今天對金城三少的第一戰，可說是我們贏了，因為不僅全場觀眾支持著我們，就連郭振宇與曹勝軍也都認為是我們贏了。

裁判一開始很固執，堅持自己的判決無誤，但拗不過眾人要求，去看剛才的影帶重播，才證明罩哥確實沒有走步。

就這樣，在看完影帶後，裁判終於投降宣布勝利的是罩哥。

我們幾個開心地跑到罩哥身旁向他恭喜，為這得來不易的勝利歡呼。

「你們要高興也只能趁現在了。」

金城三少不知何時已經站到我們身邊，滿臉高傲。

痞子德對他們說：「不好意思啊，第一場比賽就贏你們了。我看你們乾脆直接認輸算了，以免到時候輸得太難看，還要來拜託我們幫你們找台階下。」

秋香也說：「就知道你們不會乖乖的比賽，不僅找了高手，還買通了裁判。結果呢？你們這叫自作自受，活該。」

胖子跳出來惡狠狠地瞪著秋香說：「喂，八婆，說話小心點！妳哪隻眼睛看到我們買通裁判了？沒看到就不要在那含血噴人。」

金大亨說：「這場比賽真的是被你們給撿到，算我失算，接下來兩場你們不會贏的。」

秋香說：「哼，聽你放屁。」

金大亨瞪了秋香一眼，繼續說：「下場比賽就訂在三天後晚上七點，學校馬德里廣場，比吉他。」說完便看著痞子德，痞子德挺起身與金大亨對視。

金大亨對痞子德說：「比賽規則很簡單，各派一人出來輪流彈吉他，由現場一百個女生來做評審。如果她們覺得誰彈得好的話，就將我們發的愛心貼紙，貼在那個人身上，我們來比誰能得到最多女生的心。」

美麗出聲說：「等等，為什麼比賽規則都由你們來訂？」

葉三少說：「不然妳有什麼意見嗎？」

「呃……」想了半天美麗才說：「好像沒有。」

痞子德說：「比賽規則我是沒什麼意見啦，反正就是個人實力的問題。」

「很好，那麼就到時候見。」金大亨說完便轉身離去。

臨走前，他還回頭對痞子德不懷好意地笑了笑：「我很期待你到時候的表現啊！」接著他們便大搖大擺地走了。

望著金大亨離去的背影，我心裡不由得打了個冷顫。

綺綺說：「我有種不好的預感。」

「對呀。」美麗轉頭對痞子德叮嚀：「你自己要小心點。」

痞子德說：「放心啦，彈吉他又不像打籃球會有身體上的接觸，他們傷害不了我的，更何況評審是學校的女生，她們應該相當的客觀。」

秋香說：「那可不一定唷，如果他們又像上次在學生餐廳那樣，使出金錢利誘的話，那就糟了。」

罩哥說：「如果他們真的那樣做的話，我們也沒辦法。」

我說：「別灰心，罩哥今天都贏了，我相信痞子德一定也會贏的。更何況痞子德的憂鬱攻勢，那可真叫女生們想擋都無法擋，所以我們一定會贏的。」

痞子德感激地看著我說：「謝啦。」

結束後，我們大家一起去唱歌，慶祝一下今天的勝利，接著就準備摩拳擦掌，迎接第二場比賽。

＊＊＊

三天後的晚上，學校的馬德里廣場也是擠得人山人海。

不過今晚的氣氛與先前不同，既沒有華麗的舞台，也沒有叫賣的聲音，現場只有兩張高腳椅與麥克風架。此外周圍的路燈全都關了起來，只打上幾盞黃燈，而空中飄散著五顏六色的泡泡，更是讓現場氣氛浪漫十足。

這次金城三少比我們早到，只見他們早已坐在一旁華麗的地毯上，邊悠閒地喝著茶，邊被其他人服侍著。

在場中一張高腳椅上，有個長相清秀的男生，已經抱著把吉他預備著，場邊的民眾也都圍成一個圓席地而坐。

痞子德抱著吉他，到另一張高腳椅上預備，我們也趕緊找個地方坐了下來。

原本大家還吵吵鬧鬧的，不過主持人一上來，大家就靜了下來。

主持人是個活潑可愛的女生，她用富有朝氣的甜美聲音向大家問好，接著介紹了一下比賽的選手以及比賽規則。

我看著痞子德的對手問秋香：「妳知道對方是誰嗎？」

秋香說：「不知道，沒看過。」

美麗則說：「我知道，他叫張雲生，是今年剛入學的大一新生。才剛加入吉他社不久，不過聽說他吉他彈得相當好，十分受社團老師的青睞，學校甚至還打算派他去參加校際比賽呢。」

我打量著張雲生說：「看起來似乎很厲害。」

綺綺興奮地說：「我想今天的比賽應該會很精彩，我好期待喔！」

我笑著對綺綺說：「對呀，不管今天的比賽結果如何，我想這絕對是一個令人難忘的夜晚。」說著我將綺綺的手握緊了些。

隨著主持人的話告一個段落，比賽也宣布開始。

全場所有人都屏息以待地等著，四周萬籟俱靜。

很快地，由張雲生先開始，隨著他手指輕輕一撥，琴弦的振動便譜出一首輕快美妙的旋律。

接著張雲生開口，聲音乾淨又帶點生澀，他唱的這首歌是庾澄慶膾炙人口的歌曲——情非得已。

邊唱的同時，張雲生還不時對大家露出靦腆的笑容，儼然像個鄰家大男孩似的，令人不自覺喜歡他。

唱到副歌：

「只怕我自己會愛上妳，不敢讓自己靠得太近，
怕我沒什麼能夠給妳，愛妳也需要很大的勇氣。
只怕我自己會愛上妳，也許有天會情不自禁，
想念只讓自己苦了自己，愛上妳是我情非得已……」

大家身體跟著搖晃，腳尖不由自主地打起拍子，許多會唱這首歌的人，也情不自禁地哼起歌來。

一曲終了，大家依舊沉浸在適才唯美浪漫的氛圍裡，但很快地，便輪到痞子德為我們帶來一首羅志祥的「好朋友」。

痞子德以饒富情感的嗓音，為我們唱出這首抒情歌曲。

不愧是有憂鬱王子之稱的痞子德，雖然在成果展表演時就知道他的實力。但今天也許是比賽的關係，又或許是現場氣氛太迷人，而蠱惑了我們的心智，總覺得今天的痞子德看起來整個人散發出一股難以抵擋的憂鬱氣息。

他所彈出來的旋律，令人近乎心碎的嗓音，以及他哀傷的神情、微濕的眼眶，再再不停地催促著眾人的眼淚。

「妳說我比較像妳的好朋友，只是不小心擁抱著，
妳道歉，妳難過，於是我給妳笑容，
誰在乎我的心，還會不會寂寞……」

坐在我身後的女生突然說：「不知道為什麼，我聽了好想哭喔……」

沒多久就傳來低低的啜泣聲。

坐在斜前方的男生和他身旁的朋友說：「這首歌，讓我想起告白被拒絕的時候，害我每次

回去只要一聽到這首歌就會想哭……」說著說著還哽咽了起來，我想他應該有一段難忘的告白經驗吧。

痞子德唱完，馬上又輪到張雲生唱。

張雲生選的歌大部份是以輕快為主，而痞子德則多以療癒系歌曲為主，就這樣兩人一首接著一首輪番上陣。

他們在上面賣力地演唱著，我們台下的人則聽得如癡如醉。

邊聽的同時，我邊握著綺綺的手，一塊靜靜聆聽這場音樂饗宴。

在各唱了三首歌之後，現在時間是晚上八點半，主持人宣布中場休息三十分鐘，許多人趕快起身去搶廁所，一時間現場又喧鬧了起來。

綺綺、美麗、秋香及罩哥都紛紛起身去廁所。

當我也想跟著去時，痞子德這時卻急沖沖地跑來對我說：「我也要去一下廁所，你幫我顧一下吉他。」

「可是……」

見痞子德似乎很急的模樣，我只好改口說：「好吧好吧，你快去快回。」

話還沒說完，痞子德就將吉他往我懷裡一塞，一溜煙地跑走了。無可奈何之下，我只好抱著吉他坐在原地等著。

但我左等右等，等了十五分鐘都沒有半個人回來，這時我的膀胱也開始抗議了。我只好做些別的事來讓自己分心，我站起身舒活一下筋骨，一下東看看西看看，一下又抱起吉他無聊地撥弄著琴弦。

「吳孟宅。」

我聽見有人在叫我的中文名字，連忙轉過身來。

林伯漢正站在我身後不遠處，一臉挑釁的模樣，我不想搭理他，又自顧自的玩起手上的吉他。

「吳孟宅，我有件事想告訴你，我想你應該會很有興趣的。」

林伯漢的聲音繼續從背後傳來，見我依舊無反應，他又加了一句：「是關於白鈺綺的事喔。」

一聽到是關於綺綺的事，我馬上將吉他往旁一放，跳起來衝上前，兩隻手緊抓著林伯漢的衣襟質問：「你最好給我說清楚！」

林伯漢見我氣沖沖的模樣，他也不害怕，反而露出詭異的笑容說：「別急別急，我會告訴你的。」

「快說！」

「好好好，我說我說，這件事其實就是……」

林伯漢邊說的同時，目光邊掠過我，落在我的身後，我察覺不對勁想轉身時，這時林伯漢卻兩手緊抓著我的肩膀，出其不意地說：「白鈺綺的男朋友回來了。」

我聽完呆了一下，心中無比震撼。

許久我才找回聲音，啞著嗓子問：「你是說……黃天磊回來了？」

「沒錯。」見我吃驚的反應，林伯漢滿意地繼續說：「而且你下場比賽的對手就是他。」

「什麼？」

這次的驚訝更大，讓我不自主地蹙起了眉頭。

「你知道黃天磊回來代表什麼嗎？」

我緊抿著唇，一語不發。

林伯漢繼續說：「代表你這個備胎可以退場了，用不到你了啦。正主都回來了，你這個替代品還不趕快乖乖滾蛋。」

林伯漢的這番話使我整個人氣得發抖。

我強壓著怒氣說：「就算黃天磊回來又怎樣？我跟綺綺之間的關係是不會變的。」

這時，公主出現在林伯漢的身旁。

她將手輕輕疊放在林伯漢肩上，以慵懶的姿態對我說：「你本來就是個替代品了呀，你跳國標，變成型男，還不都是為了變成黃天磊的樣子。如果你是從前那個講話會結巴，穿著邋遢又沒品味的吳孟宅，你以為她還會喜歡你嗎？」

這番話就像一根針狠狠扎進我的心房，不僅痛得要死，許多負面情緒也一併湧了出來，這些包括害怕、嫉妒、沒自信、擔憂……

我開始感到煩躁，整個人不知該如何是好。

公主冷不防又對我補了一槍說：「唉唷，女人嘛，我自己也是女人我了解的。在自己心愛的人毫無音訊時，內心的孤單與脆弱可想而知，這時只要有人能填補我內心的空洞，那麼我的心很快就會陷落。但是這並不是真愛，而是一份虛假的愛情，一但正主回來，這種感覺就消失了。」

我雙手摀著耳朵，不想再聽。

我大聲吼：「你們給我滾！」

公主樂不可支的說：「哎唷，生氣了呀?走就走嘛兇屁喔！」

她跟林伯漢互換了一個眼神後，林伯漢便隨著公主轉身離開。

臨走前，林伯漢還不忘回頭再捅我一刀：「吳孟宅，我真為你感到可憐！原來你只是個備胎。」

「滾！」我用盡丹田吼出了這個字。

待公主和林伯漢走遠後，我頹喪地坐回了座位上，沉浸在自己的思緒裡，直到其他人回來。

痞子德拿起被我放到一旁的吉他，見我不對勁的樣子，他問：「你怎麼啦？」

大家也都圍到我身旁關心的詢問，但我連回答的心情都沒有，最後被大家問煩了，我說：

「別煩我，讓我靜一靜。」

吃了我的閉門羹後，大家只好摸摸鼻子，回到自己的座位上，痞子德也回到了場中央，只剩綺綺兩眼直盯著我，似乎想看出一些端倪。

最後，綺綺實在受不了這種沉默的氣氛，她捱近我身旁問：「你到底怎麼了？」

「沒什麼。」

「有什麼事不能對我說的嗎？」

「……」

雖然剛剛我嘴上說相信我和綺綺之間的感情，但我還是感到鬱悶。

我目光複雜地看著綺綺，我好想問她：「我是黃天磊的替代品嗎？」

但我又覺得這樣問似乎很蠢，好像我不信任我們之間的感情，而我也害怕綺綺聽到我問題後的反應，如果她猶豫了，那我又該怎麼辦？

綺綺看著我，耐心地等著我的答案，但我在心中閃過無數個念頭後，最終我還是沒說出口。

主持人甜美的聲音傳來，宣布著比賽繼續進行，也將我們的目光拉回到場中央，化解了我與綺綺之間的尷尬。

我對綺綺說：「改天我再告訴妳。」

綺綺也不多問，她默默看了我一眼，輕輕地「嗯」了一聲，我們便繼續觀賞著比賽。

比賽又是從張雲生先開始，接著輪到痞子德時，怪事發生了。

痞子德五指撥弄著琴弦，但吉他所傳出來的旋律卻是一連串的噪音，整個音完全走調。

大家迅速摀住耳朵，阻擋魔音的摧殘。

「怎麼會？」

我站起身，驚訝地看著痞子德手上的吉他。

痞子德一聽他的吉他不知怎麼搞的出了包，整個人也慌了手腳，倉皇失措地不停調著音弦，想找出問題的原因，但摸了半天就是不知道問題出在哪。

我將目光掃向金城三少的方向，只見金大亨笑得開心，似乎對痞子德會發生這樣的事不意外，引起我的懷疑。

秋香氣憤地說：「可惡，一定是他們幹的。」

罩哥說：「沒證據，妳可別亂說。」

秋香氣得大叫：「我亂說？我光是用膝蓋想也知道，一定是他們在吉他上做了手腳。」

綺綺低忖了一會兒，接著她緩緩說：「重點是……他們是什麼時候做的？」

美麗說：「他們應該不可能有機會才對呀？而且剛剛演奏時，吉他明明就還好好的，總不會是剛剛中場休息時動手的吧？」

美麗的話使我心裡一震，回想起剛剛林伯漢來找我時的情形。

那時候……我將吉他放在一旁，上前去抓著林伯漢要他說清楚……他的眼神似乎有點不對勁，直看著我後方，又不讓我轉身，並藉故用話激我……

越想我的心就直往下沉，一定是剛剛……剛剛……

此時美麗又說：「剛剛我們回來時，吉他不是由吳孟宅保管的嗎？怎麼可能會有機會……」

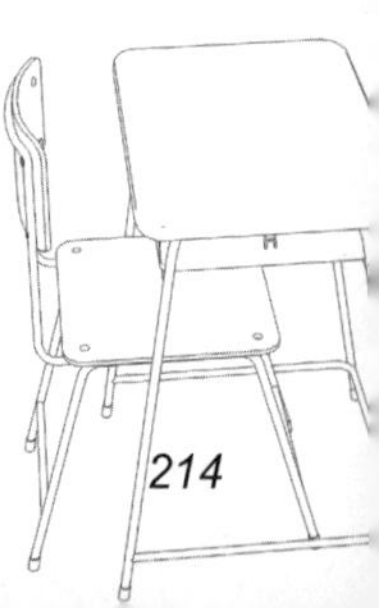

美麗的話停住了，她一定發現此刻我臉上的表情十分駭人，其他人也跟著轉過頭來看著我。

經過數秒的沉默，我才灰心地說：「是我……剛剛沒注意……」

大家一臉吃驚，秋香則率先叫了出來：「吳孟宅，你怎麼這麼不小心啊！」

「對不起……」

我的心情跌落谷底，剛剛果然是一個陷阱，我既被轉移注意讓對方有機可趁，又因為黃天磊的回來而搞得自己心情奇差無比，我整個人陷入自責與難過中，低著頭不再說話。

綺綺制止住原本還想繼續譴責我的秋香，她說：「你們別再苛責他了，他心情也好不到哪去。」

罩哥拍拍我的肩膀說：「我們不怪你，要怪就怪他們太卑鄙了。」

美麗也跟著附和說：「對呀對呀。」

雖然他們這麼說，但我的心情並沒有因此而好轉。

痞子德因為吉他無法繼續彈奏，因而提早結束了比賽。經由現場一百位女生投票的結果，最終我們輸了二十多票。

主持人在訪問投票者的時候，有幾個人這麼說：

「如果布萊德的吉他不要出狀況的話，或許我會投給他，但是最後的噪音實在是太恐怖了，所以我就投給張雲生。」

「自己的吉他出這樣的狀況，我覺得他應該自己負責才對。」

聽到她們這麼說，更是讓我自責不已。

比賽結束後，我們到場中央去安慰心情消沉的痞子德。

對於自己會出這樣的狀況，他非常的難過，他紅著眼眶對我們說：「抱歉，我輸了。」

看到痞子德這樣，我的心情也好不到哪去。

平常他演慣了，流淚我們都認為是他裝的，但今天不同，這次他是真的為自己沒能贏得比賽而感到難過。

就在我們安慰痞子德的同時，金城三少他們威風地走了過來。

由於比賽的勝利，讓他們的氣焰更加乖張，個個仰高著下巴，驕傲地對我們說：

「不好意思啦，我們贏了。」

「唉唷，未免也贏得太輕鬆了吧！真沒意思，沒勁！」

我們大家都心知肚明一切都是他們搞的鬼，每個人都咬牙切齒地瞪著他們，但他們卻不以為杵，視若無睹般的繼續耀武揚威著。

「知道厲害了吧？我看你們乾脆乖乖認輸算了。」林伯漢的聲音傳來。

一看到他，我心中的怒氣登時在那一瞬間全部爆發，我一個箭步衝上前，想痛扁他一頓。

但他的反應也很快，一見我向他急衝而來，連忙一個閃身，讓我撲了個空。

「喂喂喂，看到我不用這麼熱情吧。」

林伯漢一臉欠扁，我怒氣沖沖地指著他說：「你還裝！就是你！你們剛剛對我們的吉他動了手腳。」

林伯漢死不認帳地說：「喂，飯可以亂吃，但話可不能亂講，你有什麼證據嗎？」

我的怒氣升到一個頂點，整個人無法控制地劇烈顫抖，全身血液都往腦門直衝。

我爆吼一聲，又再度衝上前，想打爛這個無恥的傢伙。但我才往前衝沒幾步，就被其他人給攔了下來。

林伯漢見我猙獰的臉孔，一副要剝他皮、喝他血的模樣，儘管他嘴裡直罵著：「你發什麼神經呀你，你可別亂來。」但他似乎還是有點忌憚，腳步也不由自主地往後挪了挪，想盡可能與我保持安全距離。

綺綺見我近乎瘋狂的舉動，她口氣不太好地對金大亨他們說：「你們自己做的事，你們自己知道。如果你們只是想來炫耀的，那我想你們可以走了。」

金大亨大概因為他來的目的已經達到，所以也不多廢話，他邊看著被大家緊抓著的我，邊說：「一樣，三天後晚上七點，在馬德里廣場比賽國標舞，由五位人員來擔任評審，看哪一方會獲得最後的勝利。」

「好，沒問題。」綺綺或許想快點打發他們，回答得乾脆俐落。

美麗突然跳出來說：「等等，這樣不公平。五位評審都是你們自己的人，這樣我們穩輸的嘛，當我們傻瓜啊？」

金大亨笑說：「那我們就各找兩位評審如何？這樣妳沒意見了吧？」

美麗雙手環在胸前，點頭滿意地說：「這還差不多。」

綺綺問：「各找兩位評審，那如果平手的話呢？」

金大亨不知哪來的自信，他大言不慚地說：「不會平手的，如果真的平手的話，那到時候再說吧。」說完他也不逗留，他看了我一眼，眼神帶著輕蔑，接著冷笑一聲後，便擺擺手轉身帶著其他人離開。

我惡狠狠地瞪著金城三少，直到看不見他們的身影，才總算恢復了理智。

我平靜地說：「我沒事了，放手吧。」

大家見我情緒總算穩定下來，都鬆了口氣。

突然，我出其不意地說：「我們會贏的。」

大家看著我沒有任何回應，我也不知道為什麼要說出這句話，也許是剛剛滿腔的憤怒在瞬間化為一股我一定要贏的信念。

我一定要贏，不只要打敗可惡的金城三少，而且我也要打敗黃天磊。

我才不是黃天磊的替代品，我要證明我比他還優秀，綺綺是我的，我不會輸給他的。

「我一定要贏。」我望著天空，慷慨激昂地一字一句說著。

大家都不明所以地看著我，連綺綺也是一臉迷惑。

只有我心裡最明白。

第十章

比賽前一晚，我和綺綺在學校的空教室裡練習著明天的舞步，由於已經是比賽的前一天，所以我們也不敢練得太累，就只是簡單地將我們所要跳的舞給跳了一遍。舞步我記得很熟，沒有任何出錯的地方，但臉上的表情卻顯得有些漫不經心。

綺綺似乎也發現了，然而她只是用一雙溫柔的眼睛默默地關心著我。

練習完畢，我送綺綺回女生宿舍，一路上我更是安靜得不得了，一副心事重重的模樣。

綺綺見我不經意的嘆了一口氣，她說：「別擔心了，明天的比賽我們一定會贏的。」

我看著綺綺，心裡最擔憂的其實不是明天的比賽。雖然比賽也是很重要，但是對我個人而言，明天綺綺會見到黃天磊的事，更是讓我心情煩躁的主因。

綺綺看到黃天磊會有什麼反應？

開心？憤怒？

她會想和他復合嗎？

「唉，吳孟宅呀吳孟宅，虧你已經改造成一個自信又有魅力的型男。但是在感情上，卻仍舊像個膽小鬼一樣，真是窩囊！」我在心裡暗想著，不知不覺間又連嘆了好幾口氣。

綺綺牽著我的手突然收緊了些，我看著她，她正以一種堅定的眼神注視著我，似乎想給我一點力量，我的內心滿是感動。

希望這場愛情不要只是曇花一現……

突然，我問綺綺：「如果有一天……黃天磊他回來找妳時，妳會有什麼反應？」我問得很謹慎，問完後，我跟綺綺之間呈現短暫的靜默。

我認真地盯著綺綺的臉龐，仔細想捕捉她臉上細微的表情。

我渴望從綺綺口中聽見，她已經對他一點感覺都沒有了，她最愛的是我。

但綺綺的表情除了錯愕，還是錯愕。

她低頭沉思了一會兒，許久她才抬起頭反問我：「為什麼要問我這個問題？」

「只是想知道。」我雲淡風輕地回答，但心中早已醋意橫生。

這才發現原來我是這麼的自私，自私到眼中容不下任何一粒沙子，我想我已經知道黃天磊在綺綺心中的份量了，再問下去我也是自討沒趣罷了。

「我跟他……」

綺綺才剛開口，馬上就被我給打斷：「回去吧，明天還要比賽呢，早點休息。」

我不想聽，也不想面對，所以我選擇當縮頭烏龜。怕再聽下去，可能會受不了。

「可是……」

「走吧。」

我不顧綺綺還想說些什麼，繼續牽起她的手，往宿舍方向走去。我將綺綺的手握得很緊，

一直到宿舍門口，我都還不願放手。

牽手牽手，如果這個詞能像台語的意思一樣，代表著妻子，共同攜手走一輩子的話，那該有多好。

我望著依舊握在掌心裡的小手，出神地看著。接著我閉上眼，開始幻想著我倆白髮蒼蒼地牽著手，回到校園裡來，懷念這裡一草一木時的景象。

但是牽著的手，終究還是要放開的，不是嗎？

做父母的，牽著孩子的手，當孩子開始學走路時，最終還是要放開雙手，讓他們成長。每次牽著綺綺的手送她回宿舍時，最終我還是要鬆開手，目送著她進門上樓。家人握著躺在病床上親人的手，當死亡降臨的那一刻，還是要放開他的手，讓他安心離去。

牽著的手，終究是不能走一輩子的……

到最後我們還是要放開……

我想我該放手的時間似乎到了，雖然我不願也無奈，但這若是綺綺的決定，那麼我會尊重她的，就讓這場愛情成為我美好的回憶吧。

我緩緩地放開綺綺的手，心中萬分痛苦與掙扎。

綺綺一臉困惑，完全不明白為什麼我弄得一副要生離死別的模樣。

「去吧。」我努力從齒縫裡擠出這兩個字。

「嗯。」

綺綺點點頭，轉身走進大門。

我一直望著綺綺的背影，直到她進入門內。

綺綺回頭望了我一眼，臉上透露著擔憂，不過她沒多說什麼，因為我這個人是如果我不想說的事，你就算再怎麼逼問也沒有用。

所以綺綺只是看著我，簡單地說了句：「明天見。」

我擺擺手，示意她快點上去。看著她的身影消失在門內，我這才放心地轉身離開。

「呵……」

我苦笑，回想著綺綺剛才的「明天見」三個字，在心裡自嘲著，明天妳將會見到的，可不只是我而已……

＊＊＊

比賽當晚，馬德里廣場人滿為患，現場盛況空前。

由於前兩場的加持，再加上是最後一場對決，因此大家奔相走告，許多人都想一睹最後的勝利會獎落誰家。

有別於上次所營造的浪漫唯美氣氛，這次雖然也是燈光美、氣氛佳，但卻又不失禮節，現場的舞台、燈光、音響都有著國際級的水準。

我跟綺綺一身勁裝，心情都相當的緊張，尤其是我。

當我們踏進現場的那一刻，我覺得自己簡直不知道是抱持著怎樣的心情，總之很複雜。罩哥、痞子德、秋香及美麗圍在我們身旁，為我倆加油打氣，但比賽還沒開始，我就已經冒出了一身冷汗，整個人也十分緊繃。

眼看比賽時間就快開始，罩哥他們也到ＶＩＰ席就坐。

綺綺見我還是一臉緊繃，她面對著我，雙手握住我的手，認真地對我說：「相信自己，我們沒問題的。」

我胡亂點頭，綺綺繼續開口：「別緊張，你……」

綺綺的聲音突然停了下來。

我抬頭看著綺綺，只見她一臉震驚，瞳孔不斷放大地瞪著我身後的方向，我心裡陡然一沉。

該來的總算還是來了……

我僵硬地轉過身來，一個身影赫然出現在我面前。

「嗨，小綺，好久不見。」

聲音的主人完全無視我的存在，對著我身旁的綺綺打起了招呼。

綺綺驚嚇的神情持續了數秒，接著她摀著張大的嘴，不敢相信地問：「你怎麼會……怎麼會在這裡？」說話的同時，眼睛也眨了好幾下，似乎想確認這並不是她在作夢。

「我從美國回來啦，今天來參加一場比賽，我沒想到比賽的對手居然會是妳。」黃天磊臉上掛著開心的笑容。

「什麼？我要比賽的對手是你？」綺綺更加驚訝。

「對呀，我也是剛剛才知道這件事。真奇妙，我們倆居然在這樣的情況下相逢了。」

我一瞬也不瞬地默默看著他倆的互動，此時的我就像個隱形人般，除了當個旁觀者之外，我什麼話也插不上。

「嗯……」綺綺恢復了鎮定，擺出冷漠的姿態，她問：「為什麼這兩年多來都沒跟我聯絡？」

「喔，妳在為這件事生氣呀？」黃天磊笑著解釋：「因為美國和這裡日夜顛倒嘛，想打給妳的時候，這裡都已經是凌晨了，我想妳應該睡了，所以我就沒有吵妳啦。」

綺綺聽了怒火頓生，她氣得說：「那你也可以寫封信給我呀，你這算哪門子的藉口！」

「抱歉，我忘了嘛，別生氣了好不好，好不容易我回來了，難道妳不想我嗎？」黃天磊在問綺綺這句話的同時，目光也瞥了一眼在她身旁的我。

綺綺不語，胸口劇烈起伏著，似乎對黃天磊剛剛的解釋相當不滿。

「對了，我聽說妳和別人交往了，這不會是真的吧？」說完黃天磊用著打量的目光，上上下下地在我身上看了好幾遍，接著問綺綺：「是他？」

我有種不被尊重的感覺。

「嗯。」綺綺點頭。

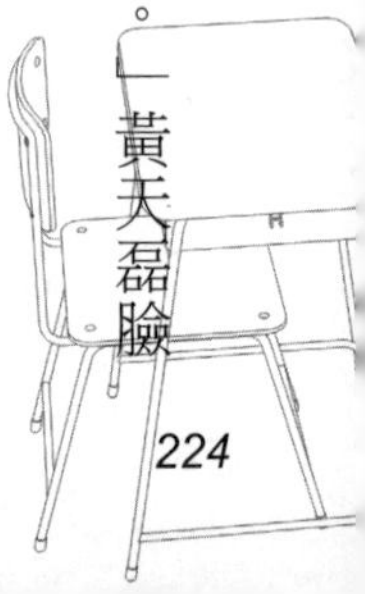

黃天磊臉上的笑容頓時收斂了些，他說：「我可不記得我們有分手這件事呀？」

「我有寫信跟你提過，你沒回應，那就是答案。」

「別這樣嘛小綺……」黃天磊半哀求地說：「妳難道已經忘了我們曾經一同渡過的美好時光？也忘了我們一起跳國標舞的默契嗎？我們可是天生的一對呀！」

這段話聽得我整顆心糾結在一起，我覺得心很痛，只想趕快離開。不過就在我轉身的同時，綺綺已經快一步拉住我的手，不讓我走。

綺綺跟黃天磊說：「那些都已經是過去式了，你回去吧，比賽要開始了。」

黃天磊擺出有點受傷的表情，他兩手一攤無奈地說：「也許等會兒跳完舞，妳會想起我們過去的點點滴滴，妳會回心轉意的。」

「我不會。」

綺綺說得堅決，但我似乎瞧見她目光底下的猶豫與徬徨。

黃天磊不置可否的一笑，接著便轉身離去。在離開時，他還特意走到我身旁，靠在我耳邊低聲對我說：「你不會贏的。」接著他便一副自信滿滿地從容離去。

儘管他已經走遠，但是他最後所說的話，卻一直縈繞在我耳邊，久久無法散去。

「別想太多。」

綺綺緊握著我的手，想再給我一點力量，但是不夠，失去綺綺的恐懼已經完全佔滿我整個心房。

主持人宣布比賽開始，請黃天磊他們先上場。

這次的比賽規則是這樣的，上半場雙方輪流上去跳舞，舞曲自選。下半場則是雙方的人馬都在場上，跳主持人所指定的曲子，最後再由評審來決定誰跳得比較好。

今天的主持人是個中年婦女，雖然看起來已年過半百，但卻風韻猶存。一席紅色貼身小禮服，襯托出她婀娜多姿的曼妙身軀。其來歷也是大有來頭，年輕時曾參與過國內外大大小小的國標舞比賽，素有「國標小天后」的稱號，還曾經讓國內掀起一股國標舞熱潮呢。

評審席上有兩男兩女，金城三少所請的兩位評審老師都相當專業，在很多比賽場合上都會看見他們的身影。而我們所請來的評審，則是由綺綺去拜託她所認識的老師來擔任，其中我居然看見洋介老師也坐在上頭，令我大吃一驚。

我指著洋介老師，驚訝地問綺綺：「洋介老師怎麼會在這裡？」

綺綺不以為意地回答：「他是我的國標舞啟蒙老師呀，他跳得可厲害了。」

「什麼！」

會在這再次見到洋介老師實在讓我非常意外，沒想到他對國標舞也有研究，真令人不得不佩服他的多才多藝呀！

這時，黃天磊和他的舞伴已經站上舞台，擺好pose，等著音樂下。

他倆身穿一身火紅舞衣，舞衣的樣式大膽且新穎，女生的布料更是少得令大家狂噴鼻血。

光是看到他們的穿著，就已經讓人覺得青春洋溢、熱情無比。

輕快的音樂一下，他們便扭腰擺臀狂舞起來。全身就像電動馬達一樣，身上不停地湧出致命的電流，臉上並不時露出燦爛的笑容，讓大家能感染他們的熱情與活力，心情也隨之狂野起來。

老實說，黃天磊和他的舞伴跳得真的很棒，舞藝精湛，無可挑剔。

尤其是黃天磊，他不僅舞藝超群、自信滿滿，再加上他原先就帥到掉渣的天生麗質，整個人就像個天然發電機一樣，電得大家暈頭轉向，評審無不露出讚嘆目光。

他們一跳完，我的緊張與焦慮也達到一個頂點，自信心登時消失得無影無蹤。

主持人宣布換我們上場，我嚥了口口水，強裝鎮定地對綺綺說：「走吧。」

我走了幾步，發現綺綺並沒有跟上，我狐疑地轉身看向她。

這時綺綺突然一個箭步上前，雙手猛然托住我的下巴，給了我一個火辣辣的熱吻。我被吻得暈頭轉向，不過滋味還真不賴，於是我也熱情地回應她。

隔了許久，我倆的唇才依依不捨的分開。

我看著綺綺微腫的紅唇，不明白為何她要突然親我。全場的人看著這香豔刺激的一幕，全都看呆了。

綺綺望著我，露出貝齒，對我綻開她最美麗的笑容。

我跟著笑了，剛才的緊張與焦慮全都一掃而空，整個人舒坦許多。

我收起笑容，對綺綺點個頭，表示我明白了。她想要我別緊張，不過用這種方式也多虧她想的出來。我個人是不怎麼怕尷尬啦，倒是場邊的觀眾看到我們在曬恩愛，大家都不知道目光要擺哪才好。

「走吧。」

我們倆肩併著肩，一起踏上了舞台。

恢復了信心，整個人放鬆了許多。

我想像著全世界的人都消失了，只剩我倆在這美麗的月色下，舞著雙人舞。我們的眼中只有彼此，世界彷彿就剩下我們。管他什麼黃天磊，管他什麼金城三少，那一切都不重要，重要的是此時此刻我們倆能在一起跳舞。

這次我倆身穿深紫色舞衣，帶點浪漫神祕的色彩。雖然綺綺沒有像黃天磊的舞伴露得那麼多，但是隨著飄逸的薄紗、隱約露出的雪白肌膚，反而令人有無限遐想的空間。

上半場結束前，我們輪流各跳了三支舞。黃天磊他們雖然令人讚嘆，但是我們也不遑多讓，我發揮出我所有的潛能，努力地將每一首曲子跳好。

到了下半場，我們兩對一起上場。

主持人挑選她自己所選的音樂，音樂一下，我們各自先聽了一會兒旋律。沒多久，黃天磊便帶著他的舞伴開始跳了起來。

眼看對手已經開始行動，我也趕快領著綺綺，跳起我們平常所練的舞步。

原本都跳得好好的，這時我們兩對跳得很近。

突然間，黃天磊的舞伴一個旋轉動作……

綺綺就這樣被黃天磊給換了過去！

綺綺和黃天磊的舞伴似乎有點嚇到，但她們很快就鎮定下來，繼續和各自的新舞伴跳了起來。

我氣得牙癢癢，但是又無可奈何，只好帶著我的新舞伴跳了起來，但心中卻很不是滋味。我和新舞伴之間完全一點默契也沒有，因此我們頻頻發生失誤，讓我越跳越慌張，到最後甚至整個方寸大亂。

反觀綺綺和黃天磊他們卻是默契十足，由於先前的夥伴關係，讓他倆很快就能適應對方，不知道的人還以為他們天生默契就這麼好呢。

這時的我已經跳得七零八落，心不在焉地直盯著綺綺和黃天磊，一心只想找機會把舞伴給換回來。不過由於我沒試過在跳舞過程中更換舞伴的情形，所以我老找不到適合的時機來行動。我心裡真是悶到爆，臉色也越來越難看。

直到第一首曲子都跳完了，綺綺還是被黃天磊給掌控在手邊。

音樂一結束，我趕緊將綺綺拉了回來。

這時第二支舞的音樂也開始了，為了防範黃天磊再次對綺綺下手，這次我故意離他們遠遠的。但說也奇怪，他就是有辦法靠過來，從我身邊把綺綺給搶回去，然後就換他帶著綺綺跳得離我遠遠的。

他根本就是故意的，要不是我還在比賽，我老早就想衝過去給他一拳了，還跟他客氣。

到了第三首曲子，綺綺一開始還是回到我身邊跟我跳，但是黃天磊很快又把她給搶過去。

這次我不再客氣，我邁開步伐快速接近他們，然後二話不說就把綺綺給一把搶回來。當然，聰明狡猾的黃天磊也不會就這麼乖乖認輸，他很快又把綺綺給搶回去，但我又不客氣地再搶回來。就這樣，我們上演了一場搶人大戰。

我們兩個男人之間火藥味十足，黃天磊看著我的眼神，更是帶著挑釁的意味。

最後音樂快結束了，我也顧不得什麼舞步及什麼優雅，直接將綺綺一把拉回我身邊，才結束這場鬧劇。

我得意地看著黃天磊，在心裡洋洋得意地說：「怎麼樣？是我贏了吧。」

黃天磊一臉無所謂，彷彿在嘲笑我無聊似的，瞥了我一眼後就不再理我。

綺綺看著我們倆問：「你們怎麼回事？」

我簡單地回答：「沒什麼。」

場邊評審已討論完畢，準備宣布比賽結果。

結果出爐，2：2，兩隊平手。

經過評審的講評後，我還是不敢相信我跟黃天磊會平手。

其中一個投給我的評審說：「跳得不錯，可造之材，前途無量，我很看好。」

另一個洋介老師則說：「出生之犢不畏虎，勇氣可嘉，舞步有創意，我喜歡。」

平手的結果令人尷尬，那麼這表示必須要有另一位評審來做最後的決定，否則沒分出個誰勝誰負，金城三少他們是絕不會罷休的。

最有資格擔任這第五位評審的，莫過於場上的主持人，大家都一致看向她，但她卻說：「我覺得兩隊都跳得很好，難分軒輊。」也許主持人不想操生死大權，所以給了這個答案。

主持人接著說：「不如我們讓他們的舞伴來決定好了，她們既然都跟雙方跳過舞，想必在她們心目中，多少也會覺得誰跳得比較好吧。」

四位評審點點頭表示同意，於是大家便將目光的焦點，轉向綺綺及黃天磊的舞伴。

黃天磊的舞伴毫不猶豫的說：「我當然是投給天磊嚕，他怎麼可能跟天磊比，笑死人了。」

聽完，大家接著將目光轉向綺綺。這時我的心臟突然開始怦怦怦，亂無章法地狂跳著，全場的人也跟我一樣屏息以待。

我看著綺綺，心中不斷吶喊著：「選我呀，綺綺。」

但綺綺卻低著頭，一副要做這個決定讓她很為難似的。

最後她抬起頭，嘴巴一開一合地，似乎想說什麼但卻又說不出口。

我的焦急全寫在臉上，掌心也都滲出了汗水。

「我投給……」

「請公平客觀，不要有任何徇私。」主持人突然出聲說。

「我投給……黃天磊。」綺綺的話讓我傻在原地。

只見黃天磊和他的舞伴高興地抱在一起。金城三少他們，也從座位上欣喜若狂地跳了起來。場邊的觀眾有的恭喜，有的噓聲連連。痞子德和罩哥他們，則是個個面如死灰。

黃天磊跑過來，開心地給綺綺一個大大的擁抱。而這時的我，已經跟著人群，悄悄地黯然離開了……

我就像死屍般，慢慢來到平常和綺綺一塊坐在這看月亮的草地上。

坐在草地上，望著空中的月亮，心情就像月亮旁那抹烏雲一樣。

我輸了比賽……

大家對我抱以期望，但我卻輸了比賽……

明知這是一場我與黃天磊之間的戰爭，但我還是不爭氣地輸了……

我還口口聲聲高喊著我一定會贏……

哼！真是可笑。

回想剛剛黃天磊擁抱著綺綺的畫面、最後綺綺選擇的答案，以及跳舞時他倆之間的默契，這一切再再不停地啃噬著我的心。

綺綺，我真的要失去妳了嗎……

「吳孟宅！」

就在我恍惚之際聽見了綺綺的聲音，難不成是我幻聽？

一個人影在我身旁坐了下來，我轉頭一看。

是綺綺！

我驚訝地看著她。

「我剛剛一直在找你，你怎麼一個人跑到這來？」她問。

「妳不是和黃天磊在一起……」

「我和他在一起幹嘛？沒有你，那個舞台也就沒有我值得留戀的地方。」

「我輸了……」

我還是很在意綺綺最後居然投給黃天磊的事。

「站在專業的立場，他是真的跳得比你好。」綺綺緊握著我的手說：「不過雖然你輸了比賽，但你自始自終從來不曾輸掉過我。」

我看著綺綺，嘴角勾起了笑容，我覺得月亮旁的那抹烏雲似乎消失了。

「妳還喜歡他嗎？」

我索性把心中的問題一次問完：「妳是否想回到他身邊？」

「傻瓜。」綺綺敲了我頭一記：「原來這幾天你悶悶不樂就是為了這件事？」

「嗯……」

「傻瓜，真是天下第一大傻瓜！」綺綺在我腦袋上又敲了一下：「我都已經有你了，你說，我還回到他身邊幹嘛？喝西北風呀？」

「那如果我今天不是型男，也不會跳國標舞，我還是以前那個很呆、很矬的吳孟宅，妳還會願意跟我在一起嗎？」

「我還以為只有女生會問這種問題呢，怎麼原來你也會呀？」綺綺笑著說。

我感覺被恥笑，窘了起來。

綺綺收起笑容說：「我喜歡的是你，不是因為你的外貌，也不是為了想忘掉黃天磊。不管你今天是怎樣我都會喜歡你，即使是以前的那個吳孟宅我還是會喜歡你，因為你就是你。反倒是你……」

「我怎麼了？」

「你現在變成學校的風雲人物，又帥又懂得討女生歡心，許多女生都巴不得黏過來倒貼你，比我更溫柔體貼的女生更是多得不得了，那麼你還會喜歡我這麼一個平凡樸實的女生嗎？」

「才不會呢，我喜歡妳的這份心情是不會變的，因為……」

「妳(你)就是妳(你)。」我們兩個同時說完，便仰天大笑了起來。

我笑著，開心的淚水從眼角滑落。

我覺得我真是蠢，怎麼會自己一個人，陷入這種無聊的問題中呢？

我在任何方面雖然都比黃天磊差，但是愛綺綺的心，我是絕對不會輸的。相信綺綺也感受到了我的愛，所以我真是無端庸人自擾呢，哈哈。

「你們倆原來在這裡呀。」

就在我倆大笑的同時，身後出現了罩哥、痞子德、秋香及美麗，連洋介老師也都出現了。

「你們怎麼都來了？」

接著，我馬上略帶歉意地說：「不好意思，我輸了比賽。」

痞子德揮揮手說：「別介意，輸了又沒什麼大不了。」

秋香說：「對呀，雖然看到金城三少那副得意的嘴臉，實在讓人倒胃，但這也不能怪你。」

罩哥說：「重要的是，我們看了一場精彩的比賽，還有……精彩的熱吻。」

我跟綺綺聽著都不好意思地臉紅了。

罩哥又繼續說：「真好，人家上場比賽都有熱吻可以啵，真羨慕呢。」

美麗紅著臉，大力推了罩哥一把：「你真不要臉！」

罩哥不懷好意地笑著對美麗說：「喔，我又沒有在暗示什麼，妳幹嘛臉紅呀？」

「你……討厭！」美麗的臉更紅了些，罩哥扮了個鬼臉後拔腿就跑。

美麗追著罩哥四處跑，邊跑邊喊：「你給我站住！不要跑！」

看著他們小倆口自個兒在一旁玩起了追逐遊戲，我們其他人都笑得開懷。

我看著洋介老師，突然好奇地問：「老師，你怎麼也跑來這？是有話要對我說嗎？」

洋介老師笑咪咪地說：「有，當然有啊！不然我來這裡幹嘛？」

「有什麼事呀？」

「我把女兒交給你了，你可要好好照顧她，不要讓她傷心流淚呀。」

「什麼！」

洋介老師的話就像一顆震撼彈，一時間大家全都嚇傻了。而綺綺對洋介老師喊了聲「老爸」，更是讓大家傻了眼，連原本還在追逐的罩哥與美麗，也在瞬間化成石像，不敢相信自己耳朵所聽見的。

「對呀，她是我女兒。」

「怎麼會？」

我真不敢相信洋介老師居然是綺綺的老爸。

痞子德問：「你們明明就不同姓？這怎麼可能？而且如果她是你的女兒，你怎麼都沒告訴我們？而我們也都看不出來。」

這時罩哥與美麗都靠了過來，大家目光直在綺綺與洋介老師身上轉來轉去，試圖想找出他倆相似的地方

綺綺笑著解釋：「他是我繼父啦！我在學校時不會叫他老爸，他也不會特別關照我，我們在學校是很低調的一對父女。怎麼？嚇到大家了呀？」

許久，我才終於接受綺綺的老爸居然是洋介老師的事實，儘管洋介老師的怪異行徑，簡直無法跟單純的綺綺做任何連結。

等等，說不定綺綺會喜歡型男、喜歡國標舞，就是受到洋介老師的影響……

「還有一件事，我想你們應該會更驚訝。」看我們一臉狀況外，洋介老師進一步解釋：「進步神速丸是假的，我給你們吃的只不過是普通的維他命丸而已。」

隔了一陣子，我才理解洋介老師所說的話。這時的我們只能瞪著大眼，不知道該說些什麼。

許久，我才說：「怎麼會？」

如果是這樣的話，那我們豈不是徹徹底底都像個傻瓜一樣。

罩哥說：「對呀，這怎麼可能？如果不是進步神速丸的功效，我們幾個哪有辦法在短短一年之間變成這樣，老師你別說笑了。」

洋介老師笑說：「我沒騙你們，藥丸只不過是讓你們對自己增加信心而已，你們今天能變成這樣，完全是靠自己的努力而來。」

綺綺也跟著笑說：「對呀，我爸就是喜歡玩這一套。當時我在旁邊看你們一臉驚恐的樣子，心裡都快笑翻了。」真沒想到綺綺居然也知道，而且還在心底偷偷地笑我們。

我和罩哥、痞子德互看了一眼，接著我們爆出笑聲。

「哈哈哈，我們怎麼這麼蠢啊！」

「對呀，真好騙。」

我們三個不但沒生氣，反而笑成一團，笑到岔了氣還是直笑個不停。

「岳父大人，我實在太崇拜你了！」

痞子德突然緊抱著洋介老師高喊：「請你讓我當你的女婿吧！」

痞子德瘋狂的舉動令大家都嚇了一跳。

「這……這怎麼回事呀？」洋介老師不知所措地問。

「老師，這傢伙瘋了啦！他戀慕你已經到一個痴狂的境界，任何可以和你沾上關係的，他都想摻一腳。」秋香冷冷地看著正抓著洋介老師大腿不放的痞子德說：「他現在一定是想當你的女婿，這樣就可以更明目張膽的接近你了，你可千萬要小心！」

「天啊！」洋介老師哀號。

這時痞子德站起身，突然轉身撲向綺綺，綺綺被嚇得趕緊後退，他邊追著綺綺邊說：「綺綺，甩了吳孟宅那個笨蛋吧！我比他更適合妳，來吧！給我一個火辣辣的熱吻，小親親。」

綺綺被嚇得花容失色，不斷想擺脫痞子德的糾纏。我們其他人衝上前，將痞子德團團圍住，並痛扁了他一頓。但他還是像中邪似的，直看著洋介老師大喊：「岳父大人……」

洋介老師被嚇得趕緊撒腿就跑。

我給痞子德一記重捶，威脅他：「綺綺是我的，你想都別想。」

痞子德被我們揍得臉上東一塊紅、西一塊紫的，我們看著他滑稽的模樣，都不由得大笑了起來。

「哈哈哈……」

就在我們的笑聲中，結束了這場鬧劇。

儘管我們輸了比賽，但彼此的感情卻越來越好，我跟綺綺的感情也越加堅定。

比賽完後，我們的人氣不減反增，失控的情況令我們都大感意外。

後來我們發現，雖然我們輸了比賽，但卻贏得更多人的欣賞，這種結果是我們始料未及的。

金大亨贏了比賽，本來應該是最高興的才對，但大家的反應卻超乎他預料，使得金大亨更加地厭惡我們，不過他也沒來得及再次對付我們。

因為後來金大亨的老爸——金萬山回國後，知道他兒子囂張跋扈的所作所為後非常生氣，因此不再給予他零用錢花用。沒了錢他也不能再耍威風了，而其他的跟班當然也就沒戲唱。

黃天磊雖然有時還是會來繼續糾纏綺綺，但我相信綺綺，所以黃天磊可以說對我絲毫不具威脅性。

而新學期的我們，不再是社團的學員，反而成了社團顧問，甚至是人體廣告招牌，為宅男改造社招收了許多新社員。

尾聲

偌大的校園裡，正值新學期社團招生中，各社團又紛紛出籠，不斷出奇招以吸引新社員加入。

很奇怪的是，有一家社團攤位，前面排隊的人龍還真是誇張的多，甚至還要先抽號碼牌預約面試時間才行。

這……這未免也太誇張了吧！

到底是哪個社團這麼夯呀？

此時有三個男同學，他們正坐在馬德里廣場一旁的椅子上聊天：

「喂，臭蛋，你抽到幾號？」

「一百五十號，泡泡龍你呢？」臭蛋晃了晃他手中的紙說。

「我抽到五十九號，昨天凌晨跑來排隊的說，結果到這裡時，前面已經有一堆人打好地舖了，真是有夠誇張的！」泡泡龍說完，轉頭問他左手邊一臉呆呆的男學生：「小良，你呢？」

「我……我沒抽。」小良好奇地問：「你們幹嘛為了加入一個社團而搶成這樣？」

「你不知道啊？」臭蛋見小良不明白的樣子，解釋說：「宅男改造社可是現在本校最夯的社團，大家絞盡腦汁擠破頭，就是為了想成為裡面三十個社員其中之一。」

「可是……我看你們一點也不宅呀？」小良問。

「哎唷，你不懂啦！我想成為布萊德那樣，既帥氣又有氣質。」泡泡龍說著還撥了一下額前的瀏海。

「我想像羅密歐一樣英俊瀟灑，成為球場戰將。」臭蛋目光炯炯地說。

「那你應該去加入籃球社，或是排球社才對。」小良對臭蛋說。

「笨蛋！」臭蛋敲了一下小良的頭說：「說給你懂還真不知道要說到什麼時候。」

人群中突然產生騷動，大家目光的焦點直鎖定在三人身上，他們正是宅男改造社的最佳代言人、本校的風雲人物、女孩子夢中的白馬王子、男孩子日夜膜拜景仰的對象。

他們正是羅密歐、布萊德與傑克三人所組成的——「好神幫」

他們一出現大家就聚集了過來，攤位也被擠得差點垮掉。

「是他們耶！」泡泡龍興奮地說。

「對呀，我的偶像。」臭蛋說。

「聽說他們一年多以前，樣子比我們還矬，宅到爆。但是你看看他們現在，可風光的哩！」泡泡龍一臉羨慕的神情。

「真令人不敢相信！」小良問：「那麼你們抽的這個號碼牌，到底是要面試什麼啊？我從來沒聽過要入社還要先面試的。」

「為了維護教學品質呀，所以必須先過濾掉一些人。而篩選的依據，就是看你的阿宅程度嚕，越宅的就越有機會入社。」臭蛋解釋。

「阿宅程度要怎麼看呀？」小良又問。

「簡單說，你身上無形中會釋放出一股『宅味』，令人敬而遠之；說話時會流露出一股『宅氣』，令人倒盡胃口；生活作息就是以『宅』這個字而打轉，乏善可陳、枯燥無味；全身到腳，甚至連骨子裡都流著『宅血』。這樣，你肯定就能入社。」泡泡龍說。

「好像篩選蠻嚴格的耶，那入社之後到底會上些什麼呀？我好好奇。」小良又問。

「沒辦法，學長的口風很緊，社團老師也都神祕兮兮的，所以我們無法知道他們的上課內容。」臭蛋聳聳肩說。

「不過這樣越是神秘，反而越吸引人，令人更想加入。」泡泡龍說。

「怎麼辦？聽你們說完，我也好想去試看看喔。」小良一臉躍躍欲試的模樣。

「那你趕快去抽吧，否則我看快要被抽光了。」泡泡龍看了一眼排隊的人群。

小良聽完一轉身，趕緊衝去冗長隊伍的末端，排隊去了。

校園記者這時跑來做採訪，他們找到了正被一群女生給包圍著的傑克。

記者好不容易擠開那些已經陷入瘋狂的女生們，來到傑克面前，將麥克風遞到他面前問：「請問你加入宅男改造社的心得是什麼？」

傑克微笑說：「加入後，我整個人生變得不一樣了。以前的我對自己沒有自信，生活過得一團亂，但是自從我加入了宅男改造社之後，才發現，天啊！我的人生原來可以過得這麼不一樣。它不但讓我恢復了信心，也讓我的生活過得多采多姿，更重要的是，它讓我找到了我理想中的伴侶。」

嗯……說得令人動容，不過聽起來怎麼像是電視瘦身廣告的台詞啊……

記者又問：「那麼你有沒有什麼話，想對目前的宅男朋友說？」

傑克想了一會兒說：

「只要你有心，你也可以像我一樣。天下沒有天生就宅的阿宅，只有不願努力改變的人。只要你願意，相信我，你也可以辦的到。」

大家是否也心動了呢？

想一起加入「好神」的行列嗎？

只要你願意敞開心胸，改造之門將永遠為你而開……

（全書完）

國家圖書館出版品預行編目資料

宅男型不型 / 嬋娟 著 --初版--
臺北市：博客思出版事業網：2014.11
ISBN 978-986-5789-28-2(平裝)

857.7　　103013748

現代輕小說 4

宅男型不型

作　　者：嬋娟
美　　編：鄭荷婷、謝杰融
封面設計：謝杰融
封面插畫：Sabrina
執行編輯：張加君
出 版 者：博客思出版事業網
發　　行：博客思出版事業網
地　　址：台北市中正區重慶南路1段121號8樓14
電　　話：(02)2331-1675或(02)2331-1691
傳　　真：(02)2382-6225
E—MAIL：books5w@gmail.com
網路書店：http://bookstv.com.tw/
http://store.pchome.com.tw/yesbooks/
博客來網路書店、博客思網路書店、華文網路書店、三民書局
總 經 銷：成信文化事業股份有限公司
劃撥戶名：蘭臺出版社　帳號：18995335
香港代理：香港聯合零售有限公司
地　　址：香港新界大蒲汀麗路36號中華商務印刷大樓
C&C Building, 36,Ting, Lai, Road, Tai,Po, New,Territories
電　　話：(852)2150-2100　傳真：(852)2356-0735
總 經 銷：廈門外圖集團有限公司
地　　址：廈門市湖裡區悦華路8號4樓
電　　話：86-592-2230177
傳　　真：86-592-5365089
出版日期：2014年11月 初版
定　　價：新臺幣280元整（平裝）
ISBN：978-986-5789-28-2(平裝)